전래 동화로 배우는 한국어

附
韓文音檔
QR Code

用韓國童話
學韓語

金順禮・任帥真/著

陳宜慧/譯

適用
TOPIK
II

笛藤出版

前 言

　　本書是中級程度的韓語閱讀教材，內容以韓國的各種傳說及經典童話為基礎。我們希望韓語學習者們不只是單純學習韓語，還能更進一步了解韓國文化，而童話是非常適合的學習素材。

　　我們期望以故事的形式激發學習者的興趣和想像力，在沒有負擔的情況下自然學習韓語，並理解韓國人的價值觀。例如，像青蛙一樣、孬夫心腸、孝女沈清、「吃飽就睡會變成牛」等俗語或慣用法，是每個韓國人都知道，但是卻很難單純用背誦來理解的。然而，如果透過故事了解出現這些用法的背景，就能自然而然理解其內涵以及這些俗諺適合在什麼情況下使用。

　　作者利用上述童話的特徵，讓學習者們輕鬆有趣地學習韓語，在閱讀故事之前，建議先看插圖，試著想像並說說故事可能會如何展開，再聽內容。因為對於習慣短文的中級程度學習者來說，閱讀長篇文章會有負擔。閱讀童話後的小活動是練習把故事換成話劇對話，或是改編結局等。這些練習可以提高閱讀的樂趣，同時培養對聽力和會話的自信。

　　本書是出於對韓語教育的熱情所開發的教材，但仍存在不足之處，雖然並不完美，但是希望本書能向世界宣傳韓國的經典童話，同時幫助外國人理解韓國文化，並期望今後其他更優秀的童話閱讀教材出版時，本書能提供一點幫助和參考。

　　最後，非常感謝在本書出版前盡心盡力給予幫助的多樂院韓語出版部編輯團隊和負責插圖與翻譯的老師們，也對完成本教材提供幫助的各位老師和外國學生致上最深的謝意。

金順禮、任帥真

　　本書是以韓國的各種傳說和經典童話為基礎，並以中級程度的韓語學習者為對象所編寫的韓語閱讀教材。

　　本教材透過有趣的故事，使讀者能以更有趣的方式學習韓國的諺語、慣用法、字彙、文法等，從而提升學習者的聽、說、讀、寫能力，向世界宣傳韓國童話，並同時幫助外國人理解韓國文化。

　　本教材共由15個單元組成，各單元均由11個階段所構成，詳細內容如下：

① 標題、引言

　　透過引言的內容以及與主題相關的提問，先推測本單元的故事內容，此階段的照片或插圖可以引發學習者的興趣。

② 想像故事

　　先看看並熟悉與插圖中的情境和人物等相關的字彙與用法，想像一下故事會如何展開，從而引導大家主動學習。

③ 想像並聆聽

　　聽完故事內容後，請將前一階段「想像故事」中順序錯誤的圖片按正確順序排列構成完整的故事。由此可以理解整個故事的來龍去脈。

　　再重聽一次故事，寫下陌生的單字，並從文章的脈絡推測，同時熟悉新的核心字彙意思。

생각하여 읽기 閱讀故事

청개구리 이야기

가

옛날에 아주 큰 연못에 아들 청개구리와 **홀어머니**가 함께 살고 있었습니다. 그런데 아들 개구리는 늘 엄마 말을 듣지 않았습니다. 엄마가 말을 하면 항상 반대로 했습니다. 엄마가 산으로 가라고 하면 강으로 가고, 강으로 가라고 하면 산으로 갔습니다.

'다른 아이들은 부모 말을 잘 듣는데 왜 우리 아들은 말을 안 듣는 걸까?'

엄마 개구리는 아들이 말을 듣지 않아서 **속상했습니다**. 그래서 엄마 개구리는 아들 개구리에게 말했습니다.

내용 이해하기 內容理解

1 為什麼青蛙媽媽會擔心？

2 為什麼每次下雨時青蛙都會哭得很傷心？

3 下列選項中，哪項不是青蛙兒子做的？
   ① 엄마를 산에 묻었다.
   ② 뱀이 사는 숲에 갔다.

어휘

연못	荷花池	마침	剛好
늘	經常、總是	소리치다	大喊、
똑바로	如實地、端正地	구하다	拯救
거꾸로	顛倒、反過來的	후회하다	後悔
숲	樹林、森林	무덤	墳墓
몰래	偷偷地		

문형과 표현 익히기 句型和表達方式

❶ -(으)라고

間接轉述從他人那裡聽到的命令或者請求的內容時使用。

例文 엄마가 산으로 가라고 하면 강으로 갔습니다.

(1) 어머니는 항상 저에게 음식을 골고루 ＿＿＿＿＿＿ 말하십니다.

(2) 화장실 벽에는 담배를 ＿＿＿＿＿＿ 쓰여 있습니다.

(3) 엄마는 나에게 동생의 수학 숙제를 도와 ＿＿＿＿＿＿ 했습니다.

(4) 내일은 발표회 준비 때문에 일찍 가야 하니까 어머니께 아침 일찍 나를 ＿＿＿＿＿＿ 부탁했다.

상황에 맞는 대화 만들기 創作符合情境的對話

● 下列畫中的人物正在進行什麼樣的對話呢？請試著寫寫看。

---

4 閱讀故事

留意顏色不同及畫有底線的新字彙和文法，並在閱讀故事時確認先前推測的內容是否正確，搭配右頁中文翻譯幫助理解故事。

5 內容理解

試著理解與故事內容有關的各種問題，掌握自己對故事的理解程度，並按段落整理摘要。

6 參考單字

在閱讀前和閱讀時，確認之前從脈絡中推測的字彙意思。

7 句型和表達方式

在此階段，學習者透過確認從脈絡推測之文法意思和用法，並使用相應的文法造句，就能學會如何正確地使用文法。

8 創作符合情境的對話

看著有故事主角的插圖，練習寫下符合該情境的對話。透過練習將故事中的書面語句轉換為口語，可以了解書面語和口語的特徵，並藉此提高口說能力。

9 角色扮演與演出話劇

擴大「創作符合情境之對話」的練習範圍。根據整篇故事的內容，創作讓每個小組都能角色扮演的話劇。可以藉此相互比較符合情境的對話類型，掌握多種表達方式。話劇中登場人物的數量和角色可以根據情況進行調整。

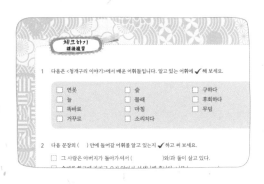

10 想像並回答

透過推測、變換、擴張課文內容，讓學習者可以積極對話。

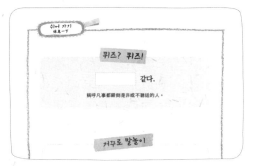

11 課後複習

請確認在本課中學到多少新字彙，並檢查不足的部分。

另外，也請確認自己對各課的內容、文法、相關文化等整體理解程度。

12 休息一下

將故事的題材或主題相關的內容以諺語、問答、歌曲、遊戲、連連看等有趣的形式組合，是能消除學習緊張感的階段。

	單元	主題	內容	文法／句型	文化
富有寓意又有趣的故事	1	青蛙的故事	不聽父母話的青蛙後悔並悔悟的故事。	-(으)라고 -(으)ㄹ 테니까 -(으)ㄴ/는/(으)ㄹ지 -(으)ㄹ까 봐	퀴즈? 퀴즈!/ 거꾸로 말놀이
	2	三年之丘	給因為在三年之丘上跌倒而過分擔心的老爺爺一個正面解決方案的故事。	-다가 뿐(만) 아니라 -(으)ㄹ 텐데 -다고	고정관념 깨기/ 한국인이 좋아하는 숫자
	3	變成牛的懶惰鬼	一個變成牛的懶惰男子改過自新，並且變勤奮的故事。	-고 말다 -냐고 -느니 차라리 -자마자	퀴즈? 퀴즈!/ 나는 게으름뱅이?
	4	奇怪的泉水	一對善良的老夫妻喝了奇怪的泉水後，變年輕，還獲得孩子的故事。	-거리다 -아/어/여지다 -다 보니 -기로 하다	퀴즈? 퀴즈!/ 나의 건강지수는?
神祕又奇幻的故事	5	長瘤的老爺爺	善良的長瘤老爺爺摘掉肉瘤後致富，壞心的長瘤老爺爺卻多長一個肉瘤的故事。	만큼 -(으)ㄴ/는/(으)ㄹ 줄 알다/모르다 -(으)ㄴ/는 데다가 -기는커녕 은/는커녕	퀴즈? 퀴즈!/ 노래 불러 봐요
	6	檀君的故事	吃了艾草和大蒜後變成女人的熊女與桓雄結婚後生下檀君，檀君王建立古朝鮮的故事。	-아/어/여 보이다 -게 하다 -(으)ㄹ 정도로 -아/어/여 있다	연대표 만들기
	7	金斧頭和銀斧頭	弄丟鐵斧頭的善良樵夫從山神那裡得到金斧頭和銀斧頭，貪婪的樵夫卻連鐵斧頭都失去的故事。	까지 마저 의성어 의태어	동물들은 어떤 소리를?
	8	太陽和月亮	差點被老虎吃掉的兄妹在老天爺的幫助下變成太陽和月亮，老虎則摔進高粱田裡死掉的故事。	-자 -아/어/여 보니 -았/었/였더니 -도록	퀴즈? 퀴즈!/ 스무고개
	9	仙女和樵夫	在鹿的幫助下，樵夫與仙女結婚，仙女穿上羽衣離開，樵夫也上天去見仙女的故事。	-(으)ㄴ/는/(으)ㄹ 듯 -던 (이)라도 -(으)ㄴ/는대로	퀴즈? 퀴즈!/ 가로세로 퍼즐

	單元	主題	內容	文法／句型	文化
韓國經典小說	10	豆姑娘紅豆女	豆姑娘每天被壞繼母虐待，但是透過仙女送的繡花鞋與村長結婚的故事。	-(으)ㄴ/는 척하다 -(으)ㄴ/는데도 -(으)ㄴ 채로 -(으)ㄹ까	퀴즈? 퀴즈!/ 나는 어떤 사람?
	11	興夫與孬夫	窮興夫治療摔斷腿的燕子而致富，貪婪的孬夫則因為折斷燕子的腿而受罰的故事。	-기 일쑤이다 -아/어/여대다 -(으)ㄹ 뻔하다 -답니다	퀴즈? 퀴즈!/ 노래 불러 봐요
	12	孝女沈清 (沈清傳)	為了父親被變成大海財寶的孝女沈清在龍王的幫助下重新復活，與父親相見的故事。	-아/어/여 버리다 -다/라/자/냐고요 -(으)ㄴ 나머지 (으)로 삼다	퀴즈? 퀴즈!/ 여러분은 미신을 믿나요?
	13	兔子的肝 (鱉主簿傳)	鱉為了求得龍王的藥抓了陸地上的兔子，但是被兔子所騙而放掉兔子的故事。	-(으)ㄴ/는/(으)ㄹ 것이 뻔하다 -는 바람에 -다/라면 만 못하다	퀴즈? 퀴즈!/ 띠와 성격
	14	春香傳	李孟龍為了拯救因為愛他而陷入危機的春香，成為微服出巡的御史後救出春香的故事。	-지 않을 수 없다 -느라고 에도 불구하고 -(으)ㄹ 리가 없다	판소리를 불러 봅시다/ 삼행시를 지어 봅시다
	15	洪吉童傳	洪吉童奪去貪官的財物分給窮人，在島上建立理想國並治理百姓的故事。	-아/어/여도 조차 -(으)ㄴ/는 통에 -곤 하다	퀴즈? 퀴즈!/ 예시 이름 '홍길동'

目錄

富有寓意又有趣的故事

神祕又奇幻的故事

韓國經典小說

韓文發聲MP3

請掃描左方 QRcode 或輸入網址收聽：

https://bit.ly/koreanstory

* 請注意英文字母大小寫區分

청개구리 이야기

사람들은 왜 이야기책을 읽을까요?

여러분은 자기가 한 일에 대해 후회한 적이 있습니까?

여러분이 하고 싶지 않은 일을 부모님께서 시키시면 어떻게 합니까?

青蛙的故事

人們為什麼看故事書？
大家有對自己做過的事感到後悔的經驗嗎？
如果父母叫自己做不想做的事，大家會怎麼樣？

● 看以下的插圖，你覺得是什麼樣的故事內容呢？請試著說說看。

1 邊看圖片邊聽MP3，按故事順序寫下圖片的編號。　**MP3 01**

1 ➡ ➡ ➡ ➡ ➡ ➡ ➡ 8

2 請把故事按照正確順序重新排列後並說出來。

3 再聽一遍，寫下陌生的單字。

MP3 02	**MP3 03**	**MP3 04**	**MP3 05**
가	나	다	라

這是什麼意思？

홀어머니	그 사람은 아버지가 돌아가셔서 **홀어머니**와 둘이 살고 있다.
속상하다	비싼 휴대전화를 선물 받았는데 잃어버려서 너무 **속상했다**.
한숨	마이크 씨는 무슨 걱정이 있는지 가끔 혼자 **한숨**을 쉰다.
궁금하다	밍밍 씨가 어떤 남자와 같이 걸어가는 것을 봤는데, 나는 그 남자가 누구인지 **궁금하다**.
물다	용감한 우리 집 개가 도망가는 도둑의 다리를 **물었다**.
독	이 뱀은 **독**이 있으니까 조심해야 해요. 물리면 죽을 수도 있어요.
퍼지다	우리 반 충우 씨와 내가 사귄다는 소문이 온 학교에 **퍼져서** 모든 학생들이 다 알게 되었다.
묻다	십 년 동안 키운 강아지가 죽어서 땅에 **묻었다**. 나는 슬퍼서 하루 종일 울었다.
떠내려가다	지난번 홍수에 집도, 차도, 사람들도 모두 **떠내려가서** 마을 전체가 없어져 버렸다.

청개구리 이야기

가

옛날에 아주 큰 **연못**에 아들 청개구리와 **홀어머니**가 함께 살고 있었습니다. 그런데 아들 개구리는 **늘** 엄마 말을 듣지 않았습니다. 엄마가 말을 하면 항상 반대로 했습니다. 엄마가 산으로 가라고 하면 강으로 가고, 강으로 가라고 하면 산으로 갔습니다.

'다른 아이들은 부모 말을 잘 듣는데 왜 우리 아들은 말을 안 듣는 걸까?'

엄마 개구리는 아들이 말을 듣지 않아서 **속상했습니다**. 그래서 엄마 개구리는 아들 개구리에게 말했습니다.

"얘야, 너는 왜 엄마 말을 듣지 않니? 엄마가 **똑바로** 말하는 것을 가르쳐 줄 테니까 잘 따라 해 봐라. 개굴개굴."

그러자 아들은 "굴개굴개" 하며 말했습니다. "엄마, 전 항상 **거꾸로** 하는 것이 좋아요."

나

엄마는 크게 **한숨**을 쉬며 말했습니다. "그래, 하지만 꼭 이것만은 지켜라. 저 **숲** 속에는 뱀이 살고 있으니까 절대로 저 숲에 가면 안 된다."

아들 개구리는 숲에 정말 뱀이 살고 있는지 **궁금했습니다**. 그래서 엄마 **몰래** 뱀이 사는 숲으로 갔습니다. 엄마가 일을 하고 집으로 돌아왔을 때 아들 개구리가 보이지 않았습니다. 그래서 엄마 개구리는 아들 개구리를 찾아다녔습니다.

"얘들아, 우리 아들 못 봤니?"

"저쪽 숲으로 갔어요."

青蛙的故事

一

　　很久很久以前，一隻青蛙兒子和單親的媽媽一起住在一個很大的荷花池裡。青蛙兒子經常不聽媽媽的話，常常反其道而行。媽媽若是叫牠去山中，牠反而去江裡，叫牠去江裡，牠反而往山上去。

　　「別的孩子都聽父母的話，為什麼我的兒子不聽話呢？」

　　青蛙媽媽因為孩子不聽話而非常傷心，於是牠對兒子說：

　　「孩子啊，你為什麼不聽媽媽的話呢？來，媽媽會教導你正確說話的方法，你好好跟著學，呱呱呱。」

　　然而兒子卻說：「唧唧唧，媽媽，我就是喜歡反著做嘛！」

二

　　媽媽深深地嘆了一口氣，說道：「好吧，但是有一件事情你一定要記住，在那個森林裡住著一條蛇，你絕對不可以到那個森林去。」

　　小青蛙對於森林裡是不是真的有一條蛇感到很好奇，所以瞞著媽媽到那個有蛇的森林去了。而當媽媽做完工作回到家裡的時候，沒看見青蛙兒子，開始到處尋找牠。

　　「孩子們，有沒有看見我兒子？」

　　「牠到那邊的森林去了！」

다

엄마 개구리는 깜짝 놀라서 뱀이 살고 있는 숲으로 달려갔습니다. 그곳에서는 **마침** 큰 뱀이 아들 개구리를 잡아먹으려 하고 있었습니다.

"안 돼!"

소리치며 엄마 개구리는 뱀을 향해 달려갔습니다. 큰 뱀은 엄마 개구리의 다리를 물었습니다. 그때 이웃들이 달려와서 엄마 개구리를 **구해 주었습니다.** 그렇지만 엄마 개구리는 뱀에 **물렸기 때문에** 온몸에 **독**이 **퍼졌습니다.** 엄마 개구리는 죽어 가면서도 아들 개구리가 거꾸로 하는 것이 걱정이 되었습니다. 엄마 개구리는 생각했습니다. '내가 죽으면 산에 **묻어야** 하는데, 산에 묻으라고 하면 강에 묻겠지.' 그래서 엄마 개구리는 말했습니다.

"아들아, 내가 죽으면 나를 강가에 묻어라."

라

하지만 아들은 지금까지 엄마 말을 듣지 않은 것이 **후회되었습니다.** 이번만은 엄마 말을 잘 듣고 싶었습니다. 그래서 엄마를 산에 묻지 않고 강가에 묻었습니다.

며칠 후 비가 많이 왔습니다. 아들은 엄마 **무덤**이 <u>**떠내려갈까 봐**</u> 걱정이 되었습니다. 그래서 잠을 잘 수가 없었습니다. 아들은 비를 맞으면서 엄마 무덤 옆에서 슬프게 울었습니다.

"개굴개굴."

지금도 개구리는 비가 올 때마다 엄마 무덤이 떠내려갈까 봐 슬프게 웁니다.

"개굴개굴 개굴개굴."

青蛙媽媽極為震驚，直跑向大蛇居住的森林去。在那裡，大蛇正要將小青蛙吞入肚裡。

「不行啊！」青蛙媽媽大喊著，並朝大蛇跑了過去。大蛇咬上青蛙媽媽的腿。那時，鄰居們跑過來，想救出青蛙媽媽，但是青蛙媽媽因為被蛇咬，蛇的毒已經擴散到全身上下了。青蛙媽媽在臨死前仍舊擔心青蛙兒子凡事逆著做的習慣，青蛙媽媽心想：「我如果死了，應該要埋葬在山上，但是我如果說要葬在山上的話，兒子一定會把我埋在江邊吧？」所以媽媽對兒子說道：

「兒子啊，我如果死了，把我埋葬在江邊吧！」

四

但是青蛙兒子對於自己一直不聽媽媽的話感到後悔，下定決心這次一定要聽媽媽的話，所以沒有把媽媽葬在山上，而是葬在江邊。

幾天以後下了大雨，青蛙兒子因為擔心媽媽的墳墓被水沖走，睡不好覺。青蛙兒子淋著雨在媽媽的墳墓旁悲傷地叫著「呱呱呱！」

直到現在，每當下雨的時候，小青蛙就會擔心媽媽的墳墓被水沖走而傷心地鳴叫著：「呱呱呱，呱呱呱！」

1 為什麼青蛙媽媽會傷心？

2 為什麼每次下雨時青蛙都會哭得很傷心？

3 下列選項中，哪項<u>不是</u>青蛙兒子做的？

① 엄마를 산에 묻었다.

② 뱀이 사는 숲에 갔다.

③ "굴개굴개"하고 울었다.

④ 강으로 가라고 하면 산으로 갔다.

4 在空格中填入符合句意的單字。

후회되었습니다	거꾸로	똑바로	물었습니다

(1) 엄마가 (   ) 말하는 것을 가르쳐 줄 테니까 잘 따라 해 봐라.

(2) "엄마, 전 항상 (   ) 하는 것이 좋아요."

(3) 큰 뱀은 엄마 개구리의 다리를 (   ).

(4) 아들은 지금까지 엄마 말을 듣지 않은 것이 (   ).

5　請摘要《青蛙的故事》的內容。

가 _____

_____

_____

나 _____

_____

_____

다 _____

_____

_____

라 _____

_____

_____

연못	荷花池	마침	剛好
늘	經常、總是	소리치다	大喊、大叫
똑바로	如實地、端正地	구하다	拯救
거꾸로	顛倒、反過來地	후회하다	後悔
숲	樹林、森林	무덤	墳墓
몰래	偷偷地		

문형과 표현 익히기 句型和表達方式

① -(으)라고

間接轉述從他人那裡聽到的命令或者請求的內容時使用。

> **예문** 엄마가 산으로 <u>가라고</u> 하면 강으로 갔습니다.

(1) 어머니는 항상 저에게 음식을 골고루 _____ 말하십니다.

(2) 화장실 벽에는 담배를 _____ 쓰여 있습니다.

(3) 엄마는 나에게 동생의 수학 숙제를 도와 _____ 했습니다.

(4) 내일은 발표회 준비 때문에 일찍 가야 하니까 어머니께 아침 일찍 나를
_____ 부탁했다.

② -(으)ㄹ 테니까

表達說話者意志或推測的「-(으)ㄹ터」與表達理由的「-(이)니까」組合並縮略而成的文法，相似的用法有「-(으)ㄹ 거니까」。

> **예문** 엄마가 똑바로 말하는 것을 가르쳐 줄 테니까 잘 따라 해 봐라.

(1) 날씨가 _____ 옷을 따뜻하게 입으세요.

(2) 내가 곧 _____ 조금만 기다려 주세요.

(3) 이 영화는 _____ 보지 않는 게 좋겠어.

(4) 이쪽은 길이 _____ 저쪽으로 갑시다.

❸ -(으)ㄴ/는/(으)ㄹ지

表達對狀況或事實不甚清楚，通常與知道、不知道、好奇等知覺動詞一起使用。

> **예문** 청개구리는 정말 뱀이 살고 <u>있는지</u> 궁금했습니다.

(1) 오후에 비가 _____ 몰라서 우산을 가지고 왔어요.

(2) 언제 시험을 _____ 민수 씨에게 물어보세요.

(3) 영희 씨가 어디에 _____ 잘 모르겠어요.

(4) 가: 감기에 걸린 것 같아요.
　　나: 어디가 어떻게 _____ 말해 보세요.

❹ -(으)ㄹ까 봐

擔心並推測不願看到的未來狀況。

> **예문** 아들은 엄마 무덤이 <u>떠내려갈까 봐</u> 걱정이 되었습니다.

(1) 배가 _____ 김밥을 준비했어요.

(2) 이번 시험에 합격해야 되는데 또 _____ 걱정이에요.

(3) 약속 시간에 _____ 택시를 탔어요.

(4) 아기가 _____ 작은 소리로 이야기합니다.

● 下列畫中的人物正在進行什麼樣的對話呢？請試著寫寫看。

엄마
개구리 ＿＿＿＿＿＿＿＿＿＿＿＿＿＿＿

＿＿＿＿＿＿＿＿＿＿＿＿＿＿＿

아들
개구리 ＿＿＿＿＿＿＿＿＿＿＿＿＿＿＿

＿＿＿＿＿＿＿＿＿＿＿＿＿＿＿

엄마
개구리 ＿＿＿＿＿＿＿＿＿＿＿＿＿＿＿

＿＿＿＿＿＿＿＿＿＿＿＿＿＿＿

아들
개구리 ＿＿＿＿＿＿＿＿＿＿＿＿＿＿＿

＿＿＿＿＿＿＿＿＿＿＿＿＿＿＿

엄마
개구리 ＿＿＿＿＿＿＿＿＿＿＿＿＿＿＿

＿＿＿＿＿＿＿＿＿＿＿＿＿＿＿

아들
개구리 ＿＿＿＿＿＿＿＿＿＿＿＿＿＿＿

＿＿＿＿＿＿＿＿＿＿＿＿＿＿＿

엄마
개구리 ＿＿＿＿＿＿＿＿＿＿＿＿＿＿＿

＿＿＿＿＿＿＿＿＿＿＿＿＿＿＿

아들
개구리 ＿＿＿＿＿＿＿＿＿＿＿＿＿＿＿

＿＿＿＿＿＿＿＿＿＿＿＿＿＿＿

엄마
개구리
_____
_____

아들
개구리
_____
_____

아들
개구리
_____
_____
_____

아들
개구리
_____
_____
_____

● 根據故事進行角色扮演並演出話劇

演出人員

엄마 개구리 : _____ 뱀 : _____

아들 개구리 : _____ 이웃들 : _____

친구들 : _____

1   내가 아들 청개구리라면 어머니가 돌아가셨을 때 어떻게 했을까요?
    如果我是青蛙兒子，媽媽去世時我會怎麼做？

    _____

    _____

    _____

    _____

    _____

2   아들 청개구리가 엄마 말을 잘 들었다면 어떻게 되었을까요?
    如果青蛙兒子聽媽媽的話，會有怎麼樣的結局呢？

    _____

    _____

    _____

    _____

    _____

3   여러분은 부모님 말씀을 안 들어서 후회한 적이 있습니까?
    大家也曾因為不聽父母的話而後悔嗎？

    _____

    _____

    _____

    _____

    _____

체크하기
課後複習

1 다음은 <청개구리 이야기>에서 배운 어휘들입니다. 알고 있는 어휘에 ✔ 해 보세요.

☐ 연못	☐ 숲	☐ 구하다
☐ 늘	☐ 몰래	☐ 후회하다
☐ 똑바로	☐ 마침	☐ 무덤
☐ 거꾸로	☐ 소리치다	

2 다음 문장의 ( ) 안에 들어갈 어휘를 알고 있는지 ✔ 하고 써 보세요.

☐ 그 사람은 아버지가 돌아가셔서 ( )와/과 둘이 살고 있다.

☐ 숙제를 학교에 가지고 오지 않아서 선생님께 혼났다. 너무 ( ).

☐ 마이크 씨는 무슨 걱정이 있는지 가끔 혼자 ( )을/를 쉰다.

☐ 밍밍 씨가 어떤 남자와 같이 걸어가는 것을 봤는데, 나는 그 남자가 누구인지 ( ).

☐ 용감한 우리 집 개가 도망가는 도둑의 다리를 ( ).

☐ 이 뱀은 ( )이/가 있으니까 조심해야 해요. 물리면 죽을 수도 있어요.

☐ 우리 반 충우 씨와 내가 사귄다는 소문이 온 학교에 ( )아/어서 모든 학생들이 다 알게 되었다.

☐ 십 년 동안 키운 강아지가 죽어서 땅에 ( ). 나는 슬퍼서 하루 종일 울었다.

☐ 지난번 홍수에 집도, 차도, 사람들도 모두 ( )아/어서 마을 전체가 없어져 버렸다.

3 다음 표 안의 문장을 읽고 할 수 있는 정도에 따라 상·중·하에 ✔ 해 보세요.

<청개구리 이야기>의 줄거리를 말할 수 있다.	상	중	하
<청개구리 이야기>에서 배운 문법을 사용하여 말할 수 있다.	상	중	하
<청개구리 이야기>를 통해 한국 문화를 이해하는 데 도움이 되었다.	상	중	하

p.13

1. ① - ⑥ - ⑦ - ④ - ⑤ - ③ - ② - ⑧

這是什麼意思？

單親媽媽｜那個人因為父親去世了，所以和單親媽媽兩個人相依為命。

很傷心｜收到了貴重的手機，但是弄丟了，所以很傷心。

嘆氣｜麥克先生不知道在擔心什麼，有時會一個人嘆氣。

好奇｜我看到珉明和一個男人一起離開，我很好奇那個男人是誰。

咬｜我們家勇敢的小狗咬了逃跑小偷的腿。

毒｜毒蛇有毒，請小心，被咬到可能會死。

傳遍｜我和班上的忠禹交往的消息傳遍了全校，所有的學生都知道。

埋｜養了十年的狗去世了，我將牠埋葬在土裡，傷心地哭了一整天。

沖走｜上次的洪水把房子、車子和人都沖走，整個村莊都消失了。

p.18

1. 아들이 말을 듣지 않아서. 因為兒子不聽話。

2. 엄마 무덤이 떠내려갈까 봐. 怕媽媽的墳墓被沖走。

3. ①把媽媽埋在山上。

　②去了有蛇的森林。

　③呱呱大哭。

　④媽媽說要上山卻去了河邊。

4. (1)媽媽會教導你如何 (正確 똑바로) 說話，你要好好跟著做。

　(2)「媽媽，我就是喜歡 (唱反調 거꾸로)。」

　(3)蛇 (咬了 물었습니다) 青蛙媽媽的大腿。

　(4)孩子很 (後悔 후회되었습니다) 自己不聽媽媽的話。

p.20

句型和表達方式

①-(으)라고

例 媽媽叫我上山我卻去了河邊。

(1)媽媽總叫我要均衡飲食 먹으라고。

(2)廁所的牆壁上寫著不要抽菸 피우지 말라고。

(3)媽媽叫我幫 주라고弟弟做數學作業。

(4)因為明天要準備發表會，所以我拜託媽媽要早點叫醒我 깨워 달라고。

②-(으)ㄹ 테니까

例 媽媽會教你如何正確說話，你要好好跟著做。

(1)天氣很冷 추울 테니까，請多穿點衣服。

(2)我馬上就去 갈 테니까，請稍等。

(3)這部電影很無聊 재미없을 테니까，還是別看了吧。

(4)這邊會塞車 막힐 테니까，還是走那邊吧。

③-(으)ㄴ/는/(으)ㄹ지

例 青蛙真的很好奇蛇是否還活著。

(1)因為不知道下午會不會下雨 올지，所以帶了雨傘。

(2)問問敏秀何時考試 보는지/볼지。

(3)不知道英熙在哪裡 있었는지/있는지。

(4) 甲：我好像感冒了。

　　乙：請說說哪裡不舒服 아픈지。

④-(으)ㄹ까 봐

例 兒子擔心母親的墳墓被沖走。

(1)怕肚子餓 고플까 봐，所以準備了紫菜包飯。

(2)這次考試得合格才行，但是我很擔心又會落榜 떨어질까 봐。

(3)怕約會遲到 늦을까 봐，所以搭了計程車。

(4)怕吵醒 깰까 봐孩子，所以小聲說話。

p.25

課後複習

□那個人因為父親去世了，所以和 (單親媽媽 홀어머니) 兩個人相依為命。

□收到了貴重的手機，但是弄丟了，所以 (很傷心 속상하다)。

□麥克先生不知道在擔心什麼，有時會一個人 (嘆氣 한숨)。

□我看到珉明和一個男人一起離開，我很 (好奇 궁금하다) 那個男人是誰。

□我們家勇敢的小狗 (咬 물다) 了逃跑小偷的腿。

□毒蛇有 (毒 독)，請小心，被咬到可能會死。

□我和班上的忠禹交往的消息 (傳遍 퍼지다) 了全校，所有的學生都知道了。

□養了十年的狗去世了，我將牠 (埋葬 묻다)，傷心地哭了一整天。

□上次的洪水把房子、車子和人都 (沖走 떠내려가다)，整個村莊都消失了。

퀴즈? 퀴즈!

[   ] 같다.

稱呼凡事都顛倒是非或不聽話的人。

거꾸로 말놀이

→ ① ② ③ ④ ⑤

다 가져가다

⑤ ④ ③ ② ① ←

● 자꾸만 꿈만 꾸자

● 다시 합창합시다

● 다 같은 것은 같다

● 자 빨리 빨리 빨자

● 여보 안경 안 보여

● 다 좋은 것은 좋다

 퀴즈퀴즈 解答 청개구리

3년 고개

여러분은 실수를 한 적이 있습니까? 있다면 어떤 실수였습니까?

여러분은 실수를 했을 때 어떻게 해결했습니까?

여러분의 성격은 긍정적입니까? 아니면 부정적입니까?

三年之丘

大家犯過錯嗎？如果有的話，是什麼樣的錯？
大家犯錯時都是怎麼解決的？
大家的個性是積極的？還是消極的？

● 看以下的插圖，你覺得是什麼樣的故事內容呢？請試著說說看。

1 邊看圖片邊聽MP3，按故事順序寫下圖片的編號。　**MP3** 06

| 1 | → | | → | | → | | → | | → | | → | | → | 8 |

2 請把故事按照正確順序重新排列後並說出來。

3 再聽一遍，寫下陌生的單字。

MP3 07　가

MP3 08　나

MP3 09　다

MP3 10　라

這是什麼意思？

행인	밖에 날씨가 너무 추워서 지나가는 **행인**들이 없다.
걸리다	돌에 **걸려** 넘어져서 무릎을 다쳤어요.
병세	병원에 입원하신 할머니의 **병세**가 많이 좋아졌습니다.
심하다	어제 저녁부터 머리가 아팠는데 오늘은 더 **심해서** 약을 먹었다.
산삼	인삼과 **산삼**은 비슷하지만 인삼은 사람이 키운 것이고, **산삼**은 산에서 자란 것입니다.
문병	친구가 입원했다고 해서 병원에 **문병** 가려고 해요.
어차피	기차 시간에 늦어서 **어차피** 기차를 탈 수 없으니까 천천히 갑시다.

3년 고개

가

옛날에 어느 마을에 '3년 고개'라는 **고개**가 있었습니다. 이 고개에서 넘어지면 3년 밖에 살 수 없기 때문에 생긴 이름입니다. 이 마을에 사는 사람들은 모두 이것을 알고 있었습니다. 그래서 마을 사람들은 이 고개를 지나갈 때면 모두 넘어지지 않으려고 조심했습니다.

어느 날 한 할아버지가 시장에서 술을 마시고 집으로 돌아오는 길에 이 고개를 지나게 되었습니다. 할아버지는 술에 취해서 **비틀비틀** 걸어갔습니다. 하지만 마음만은 이 고개에서 넘어지지 않으려고 조심조심 걸어가고 있었습니다. 중간쯤 왔을 때 앞에서 **행인** 한 사람이 오는 것이 보였습니다. 할아버지는 그 행인을 <u>피하다가</u> 돌에 **걸려** 넘어졌습니다.

'**재수** 없게 3년 고개에서 넘어지다니, 아! 나는 이제 3년밖에 살 수 없구나!'

나

할아버지의 **발걸음**은 무거워졌습니다. 집에 돌아온 할아버지는 3년밖에 살 수 없다는 생각에 한숨만 나왔습니다. 온몸에 **힘이** 다 **빠져서** 하루 종일 아무것도 할 수 없었습니다. 하루, 이틀, 사흘……. 이렇게 며칠이 지나자 병이 나고 말았습니다. 할아버지의 **병세**는 점점 더 **심해졌습니다.** 몸에 좋다는 약은 다 먹어 보고, 죽은 사람도 살린다는 **산삼**도 먹어 봤지만 아무런 **소용**이 없었습니다.

三年之丘

一

　　很久很久以前，在某一個村子裡有一座名為「三年山嶺」的山嶺，這是因為「如果在這個山嶺上跌倒的話，必定活不過三年」的傳言而命名的。住在這個村子裡的人都知道這個傳說，所以村裡人在經過這個山嶺的時候，都小心翼翼地行走，讓自己不至於跌倒。

　　有一天，一位老爺爺在市場喝完酒，回家的時候必須經過這個山嶺。老爺爺因為喝醉了，走起路來搖搖晃晃的，但是內心還是惦記著不能在這個山嶺上跌倒這件事，所以非常小心地走著。走到一半的時候，剛好看到一位行人走了過來，老爺爺想避開那位行人，卻不小心絆到石頭而跌倒了。

　　「真倒楣，在三年山嶺上跌倒了，啊！我只能再活三年了！」

二

　　老爺爺的腳步變得非常沉重。回到家以後，老爺爺想到自己只能再活三年而頻頻嘆氣，渾身無力，一整天都不能做任何事情。一天、兩天、三天⋯⋯如此過了幾天，終於病倒了。老爺爺的病情越來越嚴重，雖然吃過各種對身體好的藥物、連過事的人都能救活的山參都吃過了，還是沒有任何效果。

다

할아버지의 이야기는 이 마을뿐만 아니라 이웃 마을에도 퍼졌습니다. 할아버지에게는 매우 똑똑한 딸이 하나 있었는데 이 딸은 이웃 마을에 시집을 가서 살고 있었습니다. 이 딸은 아버지가 아프다는 말을 듣고 아버지를 **문병**하러 왔습니다. 딸은 아버지를 위해 몸에 좋다는 귀한 약을 구해 왔습니다. 그러나 할아버지는 "얘야, 나는 3년 고개에서 넘어져서 **어차피** 3년밖에 못 살 텐데, 이런 약이 무슨 소용이 있겠냐?"라고 말했습니다.

그제야 딸은 아버지가 왜 병이 났는지 이유를 알게 되었습니다.

"아버지, 무슨 걱정이세요? 3년 고개에 가서 더 넘어지면 되잖아요. 한 번 넘어지면 3년, 두 번 넘어지면 6년, 세 번 넘어지면 9년, 이렇게 계속 넘어지면 앞으로 더 많이 살 수 있으니 얼마나 좋아요?"

라

이 말을 들은 할아버지는 **무릎**을 탁 치며 자리에서 벌떡 일어났습니다. 그러고는 딸과 함께 3년 고개로 달려갔습니다. 3년 고개로 가는 발걸음은 **훨씬** 가벼워진 것 같았습니다. 3년 고개에 도착한 할아버지는 기쁜 마음으로 한 번 넘어지며 말했습니다. "3년이다!" 다시 일어나서 또 한 번 넘어지며 말했습니다. "6년이다!" 이렇게 할아버지는 넘어지고 또 넘어졌습니다. 할아버지는 이제 아프지 않았습니다. 그리고 건강하게 오래오래 살았다고 합니다.

三

　　老爺爺的事情不僅這個村裡的人都知曉，還傳到了鄰村。老爺爺有一個非常聰明的女兒，因為出嫁的緣故住在鄰村。當她聽到父親生病了，急忙趕來探視父親的病情。女兒為了父親求來了對身體很好的貴重藥材，但是老爺爺說：「孩子啊！我在三年山嶺跌倒了，反正也活不過三年，這種藥又有什麼用呢？」

　　直到那時，女兒才知道了父親生病的原因。

　　「爸爸，您擔心什麼呢？再到三年山嶺上跌倒一次不就行了？跌倒一次三年，跌倒兩次六年，跌倒三次九年，這樣繼續跌倒的話，以後可以活得更久，多好啊？」

四

　　但聽到了這句話的老爺爺拍了膝蓋一下，從座位上一躍而起，然後和女兒一起跑到三年山嶺去。到三年山嶺的路上，他的腳步似乎更輕便了。到了三年山嶺的老爺爺以非常高興的心情跌倒了一次，「三年！」，然後站起來，又跌倒一次，「六年！」老爺爺就這樣一次又一次跌倒。最後，老爺爺的病終於痊癒，並且健健康康地活了很久很久。

1 這座山丘為何被稱為「三年之丘」？

2 女兒和老爺爺說了什麼？

3 下列何者<u>不符合</u>三年之丘的內容？

① 할아버지는 시장에서 술을 마셨다.

② 할아버지는 산삼을 먹어도 소용이 없었다.

③ 할아버지는 '3년 고개'에서 행인과 부딪혔다.

④ 할아버지는 '3년 고개'에서 넘어져서 병이 났다.

4 在空格中填入符合句意的單字。

비틀비틀	훨씬	조심조심	났는지

(1) 할아버지는 술이 취해서 (　　　　　) 걸어갔습니다.

(2) 딸은 아버지가 왜 병이 (　　　　　) 이유를 알게 되었습니다.

(3) 3년 고개로 가는 발걸음은 (　　　　　) 가벼워진 것 같았습니다.

(4) 마을 사람들은 이 고개를 지나갈 때면 모두 넘어지지 않으려고 (　　　　　) 지나갔습니다.

5   請摘要《三年之丘》的內容。

가 _____

_____

_____

나 _____

_____

_____

다 _____

_____

_____

라 _____

_____

_____

어휘

고개	山嶺、峠	**힘이 빠지다**	沒力氣、癱軟
비틀비틀	搖搖晃晃的	**소용**	用處、效果
재수	運氣	**무릎**	膝蓋
발걸음	腳步	**훨씬**	更加

❶ -다가

停止某個狀態或動作並改做另一個狀態或動作時使用。

> **예문** 할아버지는 행인을 <u>피하다가</u> 넘어졌습니다.

(1) 영화가 너무 슬퍼서 영화를 _____ 울었다.

(2) 큰 소리에 놀라서 잠을 _____ 깼다.

(3) 운동장에서 _____ 다쳤다.

(4) 누워서 책을 _____ 잠이 들었다.

❷ 뿐(만) 아니라

「不只～」，表達除了前面的內容之外，後面還有其他內容。

> **예문** 할아버지의 이야기는 이 <u>마을뿐만 아니라</u> 이웃 마을에도 퍼졌습니다.

(1) 오단 씨는 _____ 한국어도 잘합니다.

(2) 가수 싸이의 '강남 스타일'은 _____ 세계에서도 유명합니다.

(3) 불고기는 _____ 어른들도 좋아합니다.

(4) 상효 씨는 운동을 좋아해서 _____ 농구도 잘합니다.

❸ -(으)ㄹ 텐데

由表達說話者意志或推測的「-(으)ㄹ 터」，以及顯示狀況的「인데」所結合而成的用法。

> **예문**　3년밖에 못 <u>살 텐데</u>, 이런 약이 무슨 소용이 있겠냐?

(1) 오늘은 주말이라서 사람이 ＿＿＿＿＿＿＿＿＿＿ 다음에 갑시다.

(2) 도로 공사 때문에 길이 ＿＿＿＿＿＿＿＿＿＿ 돌아서 갈까요?

(3) 오후에 비가 ＿＿＿＿＿＿＿＿＿ 우산을 가지고 가세요.

(4) 버스를 타고 가면 ＿＿＿＿＿＿＿＿＿ 택시를 타는 것이 어때요?

❹ -다고

轉述從他人那裡聽到的內容時所使用。

> **예문**　건강하게 오래오래 <u>살았다고</u> 합니다.

(1) 선생님, 민수 씨는 배가 아파서 오늘 학교에 못 ＿＿＿＿＿＿＿＿＿＿ 합니다.

(2) 일기예보에 따르면 내일 오후부터 강한 바람이 ＿＿＿＿＿＿＿＿＿ 하니까 내일 등산은 취소합시다.

(3) 선생님 댁에는 도서관처럼 책이 ＿＿＿＿＿＿＿＿＿ 합니다.

(4) 학교 앞에 새로 생긴 식당의 음식이 ＿＿＿＿＿＿＿＿＿ 하는데, 오늘은 거기에서 먹을까요?

● 下列畫中的人物正在進行什麼樣的對話呢？請試著寫寫看。

할아버지 ＿＿＿＿＿＿＿＿＿＿＿＿＿＿＿＿

＿＿＿＿＿＿＿＿＿＿＿＿＿＿＿＿＿＿＿

＿＿＿＿＿＿＿＿＿＿＿＿＿＿＿＿＿＿＿

＿＿＿＿＿＿＿＿＿＿＿＿＿＿＿＿＿＿＿

할아버지 ＿＿＿＿＿＿＿＿＿＿＿＿＿＿＿＿

＿＿＿＿＿＿＿＿＿＿＿＿＿＿＿＿＿＿＿

＿＿＿＿＿＿＿＿＿＿＿＿＿＿＿＿＿＿＿

＿＿＿＿＿＿＿＿＿＿＿＿＿＿＿＿＿＿＿

딸 ＿＿＿＿＿＿＿＿＿＿＿＿＿＿＿＿＿

＿＿＿＿＿＿＿＿＿＿＿＿＿＿＿＿＿＿＿

할아버지 ＿＿＿＿＿＿＿＿＿＿＿＿＿＿＿＿

＿＿＿＿＿＿＿＿＿＿＿＿＿＿＿＿＿＿＿

마을 사람 1 ＿＿＿＿＿＿＿＿＿＿＿＿＿＿

＿＿＿＿＿＿＿＿＿＿＿＿＿＿＿＿＿＿＿

마을 사람 2 ＿＿＿＿＿＿＿＿＿＿＿＿＿＿

＿＿＿＿＿＿＿＿＿＿＿＿＿＿＿＿＿＿＿

딸 _____

_____

할아버지 _____

_____

할아버지 _____

_____

_____

_____

● 根據故事進行角色扮演並演出話劇

演出人員

할아버지 : _____　　　마을 사람 1 : _____

행인 : _____　　　마을 사람 2 : _____

딸 : _____

1   내가 만약 <3년 고개>에서 넘어졌다면 어떻게 했을까요?
     如果我在3年之丘上跌倒了怎麼辦？

_____

_____

_____

_____

2   할아버지가 딸의 말을 듣지 않았다면 어떻게 되었을까요?
     如果老爺爺不聽女兒的話會怎麼樣？

_____

_____

_____

_____

3   처음에 3년 고개라는 이름은 어떻게 해서 생겼을까요?
     3年之丘這個名字最初是怎麼產生的？

_____

_____

_____

_____

1 다음은 <3년 고개>에서 배운 어휘들입니다. 알고 있는 어휘에 ✔ 해 보세요.

☐ 고개   ☐ 발걸음   ☐ 무릎

☐ 비틀비틀   ☐ 힘이 빠지다   ☐ 훨씬

☐ 재수   ☐ 소용

2 다음 문장의 ( ) 안에 들어갈 어휘를 알고 있는지 ✔ 하고 써 보세요.

☐ 밖에 날씨가 너무 추워서 지나가는 ( )들이 없다.

☐ 돌에 ( ) 넘어져서 무릎을 다쳤어요.

☐ 병원에 입원하신 할머니의 ( )이/가 많이 좋아졌습니다.

☐ 어제 저녁부터 머리가 아팠는데 오늘은 더 ( )아/어서 약을 먹었다.

☐ 인삼과 ( )은/는 비슷하지만 인삼은 사람이 키운 것이고,
( )은/는 산에서 자란 것입니다.

☐ 친구가 입원했다고 해서 병원에 ( ) 가려고 해요.

☐ 기차 시간에 늦어서 ( ) 기차를 탈 수 없으니까 천천히 갑시다.

3 다음 표 안의 문장을 읽고 할 수 있는 정도에 따라 상·중·하에 ✔ 해 보세요.

<3년 고개>의 줄거리를 말할 수 있다.	상	중	하
<3년 고개>에서 배운 문법을 사용하여 말할 수 있다.	상	중	하
<3년 고개>를 통해 한국 문화를 이해하는 데 도움이 되었다.	상	중	하

p.31

1. ① - ⑥ - ③ - ④ - ② - ⑤ - ⑦ - ⑧

這是什麼意思？

路人｜外面天氣太冷了，沒有路過的路人。

絆住｜在路上被石頭絆倒，所以膝蓋受傷了。

病況｜住進醫院的老奶奶病情好多了。

嚴重｜從昨晚開始頭就很痛，今天變得更嚴重，所以吃了藥。

山蔘｜山蔘和人蔘相似，但是人蔘是人工培植的，山蔘則是山上野生的。

探病｜聽說朋友住院了，所以打算去醫院探病。

反正｜火車延遲了，反正搭不了火車，就慢慢走吧。

p.36

1. 이 고개에서 넘어지면 3년밖에 살 수 없기 때문에. 因為在山丘上摔倒的話就只剩三年的壽命。

2. 3년 고개에 가서 더 넘어지면 된다고. 到三年之丘上再摔一次就行了。

3. ①老爺爺在市場裡喝了酒。

　　②老爺爺吃了山參也沒用。

　　③老爺爺在3年之丘上與路人相撞。

　　④老爺爺在3年之丘上摔倒後生病了。

4. (1)老爺爺喝醉了，走路（搖搖晃晃 비틀비틀）。

　　(2)女兒知道父親為什麼（生病 났는지）。

　　(3)邁向3年之丘的步伐似乎變得（更 훨씬）輕盈了。

　　(4)村民們經過這座山丘時，都（小心翼翼 조심해서），以防摔倒。

p.38

句型和表達方式

①-다가

例 爺爺在閃避路人時摔倒了。

(1)電影太感傷了，看著看著 보다가就哭了。

(2)睡到一半 자다가，被一聲巨響驚醒了。

(3)在操場上玩著玩著 놀다가居然受傷了。

(4)躺著看書，看到一半 읽다가就睡著了。

②뿐(만) 아니라

例 爺爺的故事不僅傳遍了整個村子，甚至傳遍了鄰村。

(1)吳丹不僅英文好 영어뿐만 아니라，韓文也很好。

(2)歌手PSY的「江南Style」不僅在韓國 한국뿐만 아니라，在世界各地也很有名。

(3)烤肉不僅孩子們 아이들뿐만 아니라喜歡吃，大人們也很喜歡。

(4)尚孝很喜歡運動，不只足球 축구뿐만 아니라，籃球也打得好。

③-(으)ㄹ 텐데

例 可能活不了三年，這種藥有什麼用？

(1)今天是周末，人應該很多 많을 텐데，下次再去吧。

(2)因為道路施工，路應該很亂／應該會塞車 복잡할 텐데/막힐 텐데，要繞路嗎？

(3)下午可能會下雨 올 텐데，帶把傘出門吧。

(4)搭公車的話應該會遲到 늦을 텐데，坐計程車如何？

④-다고

例 他說祝您健康長壽。

(1)老師，民秀說他肚子痛，今天無法來 온다고學校。

(2)根據天氣預報，明天下午開始會颳風 분다고，所以明天登山取消。

(3)聽說老師家裡像圖書館一樣有 很多書 많다고。

(4)聽說學校前面新開的餐廳飯菜很好吃 맛있다고，今天去那裡吃吧？

p.43

課後複習

□外面天氣太冷了，沒有路過的（路人 행인）。

□在路上被石頭（絆倒 걸리다），所以膝蓋受傷了。

□住進醫院的老奶奶（病情 병세）好多了。

□從昨晚開始頭就很痛，今天變得更（嚴重 심하다），所以吃了藥。

□（山蔘 산삼）和人蔘相似，但是人蔘是人工培植的，（山蔘 산삼）則是山上野生的。

□聽說朋友住院了，所以打算去醫院（探病 문병）。

□火車延遲了，（反正 어차피）搭不了火車，就慢慢走吧。

고정관념 깨기

● '물고기'의 반대말은?

● '죽이다'의 반대말은?

● 별 중에 가장 슬픈 별은?

● 세상에서 가장 아름다운 개는?

● 입으로 먹지 않고 귀로 먹는 것은?

● 못생긴 여자를 아주 좋아하는 남자는 누구일까?

한국인이 좋아하는 숫자

숫자

3

3

3

여러분은 어떤 숫자를 좋아합니까?
한국 사람들은 보통 3을 좋아합니다. 왜일까요?

숫자 1은 하늘, 음·양 중에 '양(남자)'을 나타내는 수로 최초·시작을 의미하고 숫자 2는 땅, 음·양 중에 '음(여자)'을 나타내는 수로 하늘과 땅의 화합을, 숫자 3은 1과 2가 더해져 나온 수로 완성·안정·조화를 의미합니다.

숫자 3과 관계있는 표현으로 '작심삼일', '게임도 삼세판', '만세도 세 번', '세 살 버릇 여든 간다' 등이 있습니다.

大家喜歡哪個數字呢?
韓國人通常喜歡3。為什麼呢?
數字1代表天空,在陰陽中是屬於「陽(男)」的數字,意味著最初、開始,數字2代表地,在陰陽中是屬於「陰(女)」的數字,有天地和諧的意涵。數字3則是數字1加上2的數字,因此有完成、穩定、平衡的意思。
和數字3有關的用法是「決心三日」、「遊戲三局定勝負」、「萬歲三次」、「三歲養成的習慣到八十歲也難改」等。

퀴즈퀴즈 解答 [거꾸로 읽으면 된다]

소가 된 게으름뱅이

여러분은 부지런한 사람입니까? 아니면 게으른 사람입니까?

여러분은 해야 할 일을 미룬 적이 있습니까?

여러분은 해야 될 일을 하지 않아서 후회한 적이 있습니까?

變成牛的懶惰鬼

大家是勤奮的人嗎？還是懶惰的人呢？
大家曾經拖延該做的事嗎？
大家是否曾後悔沒做該做的事？

● 看以下的插圖，你覺得是什麼樣的故事內容呢？請試著說說看。

1 邊看圖片邊聽CD，按故事順序寫下圖片的編號。 **MP3** 11

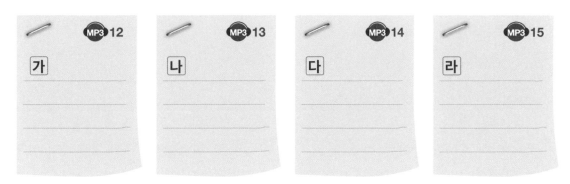

| 1 | → | | → | | → | | → | | → | | → | | → | | → | 8 |

2 請把故事按照正確順序重新排列後並說出來。

3 再聽一遍，寫下陌生的單字。

MP3 12	**MP3** 13	**MP3** 14	**MP3** 15
가	나	다	라

這是什麼意思？

게으름뱅이	먹고 자고 놀기만 하는 **게으름뱅이**가 어떻게 취직을 할 수 있겠어요? 말도 안 돼요.
깔다	한국 식당에 가면 방석을 **깔고** 바닥에 앉아서 식사를 합니다.
가죽	저는 동물을 사랑하기 때문에 동물의 **가죽**으로 만든 가방은 사지 않을 겁니다.
씌우다	밖에 눈이 많이 오니까 아이에게 모자를 **씌우세요**.
매다	남편은 아침마다 넥타이를 **매고** 출근한다.
매질하다	요즘도 아이에게 심하게 **매질(을) 하는** 부모가 있다고 합니다.
벗겨지다	신발이 너무 커서 뛰다가 **벗겨졌어요**.
무성하다	숲에 가면 나무와 풀이 **무성하게** 자라 있습니다.
게으름을 피우다	밥만 먹고 **게으름을 피우면** 소가 된다고 합니다.

소가 된 게으름뱅이

가

옛날에 어느 마을에 일하기를 아주 싫어하는 **게으름뱅이**가 있었습니다. 이 사람은 너무 **게을러서** 하루 종일 밥만 먹고 잠만 잤습니다. 하루는 그의 아내가 너무 **답답해서** 이렇게 말했습니다.

"여보, 매일 그렇게 일도 안 하고 놀기만 하면 어떻게 해요?"

"제발 좀 가만 **내버려 둬요**. **귀찮아** 죽겠네. 무슨 **잔소리**가 그렇게 심해?"

부인은 너무 속상해서 <u>울음을 터뜨리고</u> 말했습니다. 게으름뱅이는 화가 나서 집보다 편한 곳을 찾기 위해 집을 나왔습니다.

나

얼마쯤 가다 보니 큰 언덕이 나왔습니다. 그 언덕에는 전에 없었던 집 한 채가 있었습니다. 그 집 안에는 한 노인이 무언가 만들고 있었습니다. 게으름뱅이는 무엇을 만들고 있는지 궁금해서 다가갔습니다. 그 노인은 게으름뱅이의 얼굴을 보며, 이것은 신기한 **탈**인데 이것을 쓰면 좋은 일이 생길 것이라고 했습니다. 게으름뱅이는 **얼른** 그 탈을 얼굴에 써 보았습니다. 그러자 노인은 **깔고** 앉아 있던 소의 **가죽**을 게으름뱅이의 등에 **씌웠습니다**. 그랬더니 게으름뱅이의 얼굴은 소의 머리로 바뀌고, 몸은 소의 몸이 되어 버렸습니다. 게으름뱅이는 이게 무슨 <u>일이냐고</u> 말했지만 아무리 말해도 "음매! 음매!" 소의 울음소리밖에 들리지 않았습니다.

變成牛的懶惰鬼

一

　　很久很久以前，在一個村子裡有一個非常不喜歡做事的懶惰鬼，這個人太懶了，一天到晚只是吃飯、睡覺。有一天，他的妻子因為太過鬱悶，對他說：

　　「老公，你每天不做事，只到處玩，這該如何是好？」

　　「你別管我！煩死了，為什麼這麼嘮叨啊？」

　　妻子因為太過傷心而大哭起來，懶惰鬼非常生氣，於是他離開了家，尋找比家更舒心的地方。

二

　　走沒多久，他看到一片很大的山坡，在山坡上有一間以前不存在的房子。那個房子里，有一位老人不知正在做些什麼東西。懶惰鬼對此非常好奇，遂走上前去觀看，那位老人看著懶惰鬼的臉，說道：「這是一個非常神奇的面具，戴上它的話，會有好事發生。」一聽，懶惰鬼趕忙將那個面具戴在臉上，緊接著老人把自己鋪好坐著的牛皮蓋在懶惰鬼的背上，於是懶惰鬼的頭變成了牛頭，身體則變成牛的身體。懶惰鬼雖然一直說到底發生了什麼事，但無論他怎麼叫喊，都只能發出「哞！哞！」的牛叫聲。

다

　노인은 **밧줄**을 가져다가 게으름뱅이의 목에 **매었습니다**. 그리고 소가 된 게으름뱅이를 **끌고** 시장에 갔습니다. 마침 한 농부가 소를 사러 왔다가 소를 끌고 가는 노인을 보았습니다. 농부는 노인에게서 그 소를 샀습니다. 노인은 농부에게 말했습니다.

　"이 소는 무를 먹으면 죽으니까 절대로 무밭에는 가지 못하게 하시오."

　농부는 '이상한 소도 다 있구나!' 하고 생각하며 집으로 소를 끌고 갔습니다. 소가 된 게으름뱅이는 매일 밭에 나가 힘든 일을 했습니다. 하지만 농부는 밥도 잘 주지 않고 일을 조금만 못해도 **매질을 했습니다**.

　소가 된 게으름뱅이는 매일 매를 맞으면서 힘든 일을 하며 <u>사느니 차라리</u> 죽는 것이 **낫겠다고** 생각했습니다. 그때 무를 먹으면 죽는다는 노인의 말이 생각났습니다. 그래서 게으름뱅이는 무밭으로 갔습니다. 무를 **뽑아서** 먹으면 죽는다고 생각하니까 그동안 열심히 일하지 않고 게으름을 **피운 것**이 후회되었습니다.

라

　게으름뱅이는 무를 한 개 뽑아서 먹었습니다. 무를 <u>먹자마자</u> 소의 머리는 탈로 변하고 소가죽이 **벗겨졌습니다**. 게으름뱅이는 다시 사람으로 돌아온 것입니다. 게으름뱅이는 너무 기뻐서 집으로 달려갔습니다. 집에 가는 길에 노인을 만났던 그 고개를 지나가는데 그 고개에는 집이 **사라지고** 풀만 **무성하게** 있었습니다. 그 노인은 보통 사람이 아니라 **신선**이었습니다. 다시 집으로 돌아온 게으름뱅이는 열심히 일하며 아내와 행복하게 살았습니다.

三

　　老人拿來繩子，綁在懶惰鬼的脖子上，然後把變成牛的懶惰鬼牽到市場去。　那時有一個農夫來買牛，剛好看到牽著牛的老人，於是農夫向老人買下了那條牛，老人對農夫說道：

　　「這條牛如果吃了蘿蔔就會死掉，絕對不能讓它到蘿蔔田裡去。」

　　農夫一邊心想：「還有這麼奇怪的牛啊！」一邊把牛牽回了家裡。變成了牛的懶惰鬼，每天要到田裡辛勤地做各種粗活，農夫還不太給它飯吃，如果事情稍微做不好還會鞭打它。

　　變成牛的懶惰鬼每天挨打，還得做事，他心想，與其這樣活著，倒不如死掉更好一些。那時，他想起老人說過如果吃蘿蔔會死的話，所以他跑到蘿蔔田裡。他想到把蘿蔔拔出來吃掉的話會死，這時才對過去不努力工作，只是偷懶的行為感到後悔。

四

　　懶惰鬼把一個蘿蔔拔出來吃了，吃掉蘿蔔的那一瞬間，牛頭變回了面具，牛皮也被脫掉，懶惰鬼又變回人的模樣。他非常高興地跑回家，在回家的路上，經過了當初遇見老人的那個山坡，但是山坡上的房子卻消失不見了，只剩下雜草茂盛地生長著。原來那個老人不是普通人，而是神仙，再次回到家的懶惰鬼努力工作，和妻子過著幸福快樂的生活。

1 懶惰鬼是怎麼變成牛的？

2 懶惰鬼為什麼吃蘿蔔？

3 吃了蘿蔔之後，懶惰鬼怎麼樣了？

4 下列何者<u>不符合</u>《變成牛的懶惰鬼》的內容？

① 게으름뱅이는 소가 되어 시장에서 팔렸다.

② 게으름뱅이는 노인에게서 소의 탈을 샀다.

③ 게으름뱅이는 편하게 살고 싶어서 집을 나왔다.

④ 게으름뱅이는 소가 된 후 게으름을 피운 것을 후회했다.

5 在空格中填入符合句意的單字。

벗겨졌습니다	게을러서	무성하게	매었습니다

(1) 노인은 밧줄을 가져다가 게으름뱅이 목에다 (　　　　　).

(2) 소의 머리는 탈로 변하고 소가죽이 (　　　　　).

(3) 그 고개에는 집이 사라지고 풀만 (　　　　　) 있었습니다.

(4) 이 사람은 너무 (　　　　　) 하루 종일 밥만 먹고 잠만 잤습니다.

6 請摘要《變成牛的懶惰鬼》的內容。

가 _____

_____

_____

나 _____

_____

_____

다 _____

_____

_____

라 _____

_____

_____

❶ -고 말다

發生不想看到的事，或很難完成某件事時使用。

> **예문** 부인은 너무 속상해서 울음을 터뜨리고 말았습니다.

(1) 너무 배가 고파서 동생의 빵을 모두 _____.

(2) 마이클 씨가 약속 시간에 너무 늦게 와서 화를 _____.

(3) 설거지를 하다가 잘못해서 그릇을 _____.

(4) 열심히 훈련해서 이번에는 상대팀을 반드시 _____.

❷ -냐고

轉述從他人那裡聽到的提問時使用。

> **예문** 무슨 일이냐고 말했지만 아무리 말해도 "음매! 음매!" 소의 울음소리밖에 들리지 않았습니다.

(1) 노트북을 샀는데 친구들이 와서 _____ 물어봤다.

(2) 친구가 화를 내며 왜 전화를 안 _____ 했다.

(3) 이렇게 재미없는 책을 왜 _____ 물어보고 싶다.

(4) 누가 나에게 어디에 _____ 물으면, 나는 제주도에 가고 싶다고 하겠어요.

❸ -느니 차라리

「還不如～」，後面的內容優於前面，因此選擇後面時所使用。

> **예문** 힘든 일을 하며 <u>사느니 차라리</u> 죽는 것이 낫겠다고 생각했습니다.

(1) 그 사람과 _____ 영원히 혼자 살겠습니다.

(2) 이렇게 오랫동안 버스를 _____ 걸어가는 게 낫겠어요.

(3) 그 문제에 대해 혼자 _____ 부모님께 사실을 말하겠어요.

(4) 이런 재미없는 영화를 _____ 잠을 자는 게 나아요.

❹ -자마자

「剛～」，做完前一個動作後，馬上發生另一個動作時所使用。

> **예문** 무를 <u>먹자마자</u> 소의 머리는 탈로 변하고 소가죽이 벗겨졌습니다.

(1) 택시에서 _____ 비가 내렸습니다.

(2) 너무 피곤해서 침대에 _____ 바로 잠이 들었습니다.

(3) 무슨 급한 일이 있는지 전화를 _____ 밖으로 나갔습니다.

(4) 시험에 합격했다는 소식을 _____ 나도 모르게 소리를 질렀다.

● 下列畫中的人物正在進行什麼樣的對話呢？請試著寫寫看。

부인 _____

_____

게으름뱅이 _____

_____

게으름뱅이 _____

_____

노인 _____

_____

게으름뱅이 _____

_____

_____

_____

농부 _____

_____

노인 _____

_____

농부 _____

_____

게으름뱅이 _____

_____

부인 _____

_____

게으름뱅이 _____

_____

● 根據故事進行角色扮演並演出話劇

게으름뱅이 : _____   부인 : _____

노인 : _____   농부 : _____

1 게으름뱅이가 노인을 만나지 못했다면 어떻게 되었을까요?
   如果懶惰鬼沒遇見老人，結果會怎麼樣？

   _____

   _____

   _____

   _____

2 소가 된 게으름뱅이가 무를 먹지 않았다면 어떻게 되었을까요?
   變成牛的懶惰鬼，如果沒吃蘿蔔的話會怎麼樣？

   _____

   _____

   _____

   _____

3 여러분은 게으른 편입니까? 부지런한 편입니까? 자신의 생활을 말해 보세요.
   大家是懶惰還是勤勞的人呢？說說自己的生活方式吧。

   _____

   _____

   _____

   _____

1 다음은 <소가 된 게으름뱅이>에서 배운 어휘들입니다. 알고 있는 어휘에 ✔ 해 보세요.

> ☐ 게으르다   ☐ 울음을 터뜨리다   ☐ 낫다
>
> ☐ 답답하다   ☐ 탈   ☐ 뽑다
>
> ☐ 내버려 두다   ☐ 얼른   ☐ 사라지다
>
> ☐ 잔소리   ☐ 밧줄   ☐ 신선
>
> ☐ 귀찮다   ☐ 끌다

2 다음 문장의 (　) 안에 들어갈 어휘를 알고 있는지 ✔ 하고 써 보세요.

☐ 먹고 자고 놀기만 하는 (　　　　　　)이/가 어떻게 취직을 할 수 있겠어요? 말도 안 돼요.

☐ 한국 식당에 가면 방석을 (　　　　　)고 바닥에 앉아서 식사를 합니다.

☐ 저는 동물을 사랑하기 때문에 동물의 (　　　　　)(으)로 만든 가방은 사지 않을 겁니다.

☐ 밖에 눈이 많이 오니까 아이에게 모자를 (　　　　　).

☐ 남편은 아침마다 넥타이를 (　　　　　)고 출근한다.

☐ 요즘도 아이에게 심하게 (　　　　　)는 부모가 있다고 합니다.

☐ 신발이 너무 커서 뛰다가 신발이 (　　　　　).

☐ 숲에 가면 나무와 풀이 (　　　　　)게 자라 있습니다.

☐ 밥만 먹고 (　　　　　)(으)면 소가 된다고 합니다.

3 다음 표 안의 문장을 읽고 할 수 있는 정도에 따라 상·중·하에 ✔ 해 보세요.

<소가 된 게으름뱅이>의 줄거리를 말할 수 있다.	상	중	하
<소가 된 게으름뱅이>에서 배운 문법을 사용하여 말할 수 있다.	상	중	하
<소가 된 게으름뱅이>를 통해 한국 문화를 이해하는 데 도움이 되었다.	상	중	하

p.49

1. ① - ④ - ② - ③ - ⑥ - ⑤ - ⑦ - ⑧

這是什麼意思？

懶惰鬼｜只會吃喝玩樂的**懶惰鬼**怎麼有辦法就業？那是不可能的。

鋪好｜在韓國，餐廳都會**鋪**上坐墊讓客人坐在地上吃飯。

皮革｜我喜歡動物，所以不會買用動物**皮**製作的包包。

使戴上｜外面雪下得很大，請幫孩子**戴上**帽子吧。

繫綁｜每天早上老公都會**繫**領帶上班。

毆打｜直到最近都還有父母狠狠**毆打**孩子。

脫落｜因為鞋子太大，所以跑著跑著就**掉了**。

茂盛｜來到樹林裡，發現樹林和草長得很**茂盛**。

偷懶｜好吃**懶**作會變成牛。

p.54

1. 소의 탈을 써서. 帶著牛面具。

2. 죽으려고. 想自殺。

3. 사람으로 돌아왔습니다. 變回人了。

4. ①懶惰鬼變成牛之後在市場上被賣掉了。

   ②懶惰鬼從老人那裡買了牛皮。

   ③懶惰鬼為了過舒服的生活所以離家。

   ④懶惰鬼變成牛之後很後悔偷懶。

5. (1)老人拿繩子（綁매었습니다）在懶惰鬼的脖子上。

   (2) 牛的頭變成了面具，牛皮（脫落벗겨졌습니다）。

   (3) 山丘上的房子不見了，只剩（叢生的무성하게）雜草。

   (4) 這個人太（懶惰了게을러서），整天只會吃飯睡覺。

p.56

句型和表達方式

①-고 말다

例 妻子太傷心，所以放聲大哭。

(1)因為太餓了，所以弟弟把麵包都吃完了먹고 말았습니다。

(2)麥克約會遲到了，所以很生氣내고 말았습니다。

(3)洗碗時不小心把碗打破了깨고 말았습니다。

(4)經過嚴格的訓練，這次一定能戰勝對手이기고 말겠습니다。

②-냐고

例 雖然問發生了什麼事，但不論說什麼，都只能發出「哞！哞！」的牛叫聲。

(1)買了筆記型電腦，朋友們過來問我多少錢얼마냐고。

(2)朋友生氣地問我為什麼不接받냐고電話。

(3)好想問為什麼看／讀보냐고/읽냐고這麼無趣的書。

(4)如果有人問我想去가고 싶냐고哪裡，我會說想去濟州島。

③-느니 차라리

例 我覺得與其活著辛苦工作，還不如死掉算了。

(1)與其和他結婚결혼하느니 차라리，還不如永遠獨自生活。

(2)與其等這麼久기다리느니 차라리公車，還不如走路去。

(3)與其獨自煩惱고민하느니 차라리那個問題，還不如告訴父母事實。

(4)與其看보느니 차라리這種無聊的電影還不如睡覺。

④-자마자

例 一吃蘿蔔，牛的頭就變成了面具，牛皮也脫落了。

(1)剛下내리자마자計程車，就下雨了。

(2)因為太累了，一躺下눕자마자就睡著了。

(3)不知道有什麼急事，一接到받자마자電話就出去了。

(4)一聽到듣자마자考試合格的消息，我不由得尖叫。

p.61

課後複習

□只會吃喝玩樂的（懶惰게으름뱅이）怎麼有辦法就業？那是不可能的。

□在韓國，餐廳都會（鋪上깔다）坐墊讓客人坐在地上吃飯。

□我喜歡動物，所以不會買用動物（皮가죽）製作的包包。

□外面雪下得很大，請幫孩子（戴上씌우다）帽子吧。

□每天早上老公都會（繫上매다）領帶上班。

□直到最近都還有父母狠狠（毆打매질하다）孩子。

□因為鞋子太大，所以跑著跑著就（掉了벗겨지다）。

□來到樹林裡，發現樹林和草長得很（茂盛무성하다）。

□好吃（懶作게으름을 피우다）會變成牛。

퀴즈? 퀴즈!

[____] 먹고 바로 자면 [____] 가 된다.

意思是不要偷懶，要努力工作。

나는 게으름뱅이?

❶ 방 안의 쓰레기통은 항상 가득 차 있다.
房間裡的垃圾桶總是滿的。

❷ 빨래하기 귀찮아서 옷이나 신발을 버린 적이 있다.
曾經因為懶得洗衣服，所以扔掉衣服和鞋子。

❸ 머리를 안 감아서 모자를 쓰고 나간 적이 있다.
曾經因為沒洗頭而戴帽子出門。

❹ 방학 때 놀다가 개학 전날에 밤새워서 숙제한 적이 있다.
放假時曾因為玩過頭，開學前一天才熬夜寫作業。

❺ 발가락으로 리모컨을 작동시킨 적이 있다.
曾經用腳趾頭操縱遙控器。

❻ 잠을 열두 시간 이상 잔 적이 있다.
曾經睡了12小時以上。

❼ 집에 혼자 있을 때 귀찮아서 밥을 안 먹을 때가 있다.
一個人在家時，有時會嫌麻煩而不吃飯。

❽ 이를 닦기 귀찮아서 껌을 씹은 적이 있다.
曾經因為懶得刷牙而嚼口香糖。

❾ 책을 챙기기 귀찮아서 교실에 놓고 다닌 적이 있다.
曾經因為懶得帶書，所以把書放在教室裡。

❿ 하루 종일 누워서 TV만 본 적이 있다.
曾經躺著看電視一整天。

8개 이상	당신은 진정한 게으름뱅이입니다. ㅠㅠ
5개~7개	게으름뱅이가 될 수도 있어요. 조심하세요~
3개~4개	요즘 피곤하시군요?
2개 이하	가끔 그럴 수도 있지요. ^^

퀴즈퀴즈 解答 ⬇️/답

이상한 샘물

사람이 영원히 살 수 있다면 어떻게 될까요?

젊고 예뻐지는 수술에 대해 어떻게 생각하십니까?

타임머신을 타고 과거로 간다면 어느 시절로 가고 싶습니까?

奇怪的泉水

如果人能長生不死會怎麼樣？

你如何看待回春手術？

如果能坐時光機回到過去，你會想回到什麼時候？

● 看以下的插圖，你覺得是什麼樣的故事內容呢？請試著說說看。

1 邊看圖片邊聽CD，按故事順序寫下圖片的編號。 **MP3** 16

2 請把故事按照正確順序重新排列後並說出來。

3 再聽一遍，寫下陌生的單字。

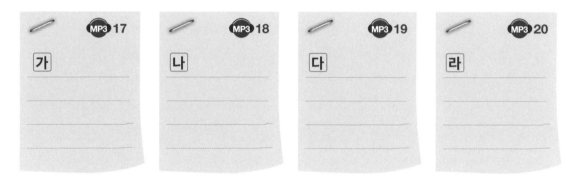

| **MP3** 17 | **MP3** 18 | **MP3** 19 | **MP3** 20 |
| 가 | 나 | 다 | 라 |

這是什麼意思？

심술	그렇게 나쁜 마음으로 **심술**을 부리니까 친구들이 모두 싫어하지! ＊심술쟁이 / 심술부리다
욕심을 부리다	남의 것에 **욕심을 부리지** 말고 자기가 가진 것에 만족해야 합니다.
고약하다	운동화를 한 번도 안 빨아서 냄새가 너무 **고약하다**.
혀를 차다	지하철에서 큰 소리로 싸우는 두 사람을 보고 사람들은 쯧쯧 **혀를 찼다**.
지팡이를 짚다	다리가 불편한 노인들은 **지팡이를 짚고** 걸으면 더 잘 걸을 수 있습니다.
마중	친구가 온다고 해서 공항으로 **마중** 나가려고 해요.
솟아오르다	한강에는 음악과 함께 물이 하늘로 **솟아오르는** 음악 분수가 있습니다.
팽팽하다	양쪽에서 줄을 잡아당기면 줄이 **팽팽해져요**.
굽다	요가를 열심히 해서 **굽은** 등이 곧게 펴졌어요.

이상한 샘물

가

옛날 깊은 **산골**에 마음씨 착한 할아버지와 할머니가 살고 있었습니다. 동네 사람들은 모두 할아버지와 할머니를 칭찬했습니다.

"저렇게 착하신 분들은 오래오래 사셔야 해요."

그런데 바로 이웃에 마음씨가 **고약한** 할아버지가 살고 있었습니다. 그 할아버지는 정말 **심술** 많고 **욕심**도 많았습니다.

"저러다 **천벌**을 받지, 천벌을 받아."

동네 사람들은 모두 **혀를 차며** 욕심쟁이 할아버지를 욕했습니다.

마음씨 착한 할아버지는 날마다 산에 올라가 **나무를 했습니다**. 할아버지는 나무를 더 많이 하고 싶었지만 나이도 들고 허리도 아파서 일을 많이 할 수 없었습니다. 그래서 '조금만 더 젊었으면 얼마나 좋을까!' 하고 생각했습니다. 할아버지가 **짐**을 지고 산을 내려오면, 할머니가 **지팡이를 짚고 마중**을 나왔습니다. 할머니는 '조금만 젊었으면 영감을 따라 산에 오를 텐데.' 하고 생각했습니다. 하지만 다리가 아파서 할아버지를 따라 올라갈 수 없었습니다.

나

그날도 마음씨 착한 할아버지는 나무를 하고 있었습니다. 그때 파랑새 한 마리가 할아버지 옆으로 날아와 계속 노래를 불렀습니다. 파랑새는 날아올라 이 나무에서 저 나무로, 이 바위에서 저 바위로 날아갔습니다. 할아버지는 다리가 **후들거렸지만** 파랑새를 놓칠까 봐 땀을 **뻘뻘** 흘리며 쫓아갔습니다. 고개를 넘고, **계곡**을 건너서 **한참**을 따라갔습니다. 하지만 할아버지는 목도 마르고 다리도 아파서 더 이상 걸을 수 없었습니다.

할아버지의 마음을 어떻게 알았는지 파랑새가 한 나무에 내려와 앉았는데 그 밑으로 맑은 **샘물**이 **솟아오르고** 있었습니다. 할아버지는 두 손으로 샘물을 **꿀꺽꿀꺽**

奇怪的泉水

一

　　很久很久以前，在深山的山谷裡住了一對非常好心的老夫婦，村裡的人都這麼稱讚他們：

　　「他們一定要長命百歲啊！」

　　而在他們隔壁，住了一個心眼很壞的老爺爺，他滿腦子壞主意，而且非常貪心。

　　「唉，再這樣下去的話，他一定會遭天譴的，遭天譴啊！」

　　村裡的人都咋舌罵那位貪心的老爺爺。

　　老心長的爺爺每天都會上山去砍柴，老爺爺雖然想砍更多的數，但是年紀大了，經常腰痛，不能做太多的事，所以他想：「要是能再年輕一點就好了。」每當老爺爺揹著東西下山的時候，老奶奶總是拄著拐杖出來迎接他，老奶奶也總心想：「要是再年輕一點，就能跟著老伴一起上山了。」但是她的腿疼，沒辦法跟著老爺爺一起上山。

二

　　那天好心的老爺爺也正砍著木頭，有一隻藍鳥飛到老爺爺的身旁，一直唱著歌，藍鳥從這棵樹飛到那棵樹、從這顆岩石跳到那個岩石上。老爺爺的腿雖然一直不住地發抖，但他生怕丟失藍鳥，於是大汗淋漓地追上去。翻過了山頭、越過了溪谷，跟著藍鳥走了許久，老爺爺口渴、腿也疼痛，無法再繼續走下去了。

　　藍鳥似乎知道老爺爺的狀況，於是在一棵樹下停下，樹木底下有清澈的泉水湧出，老爺爺雙手合掌，咕咚咕咚地把泉水喝下。說也奇怪，老爺爺覺得倦意突然襲來，就躺在大石頭上陷入了沉睡的夢鄉。

마셨습니다. 그러고 나니 이상하게 잠이 와서, 할아버지는 바위에 누워 깊은 잠에 빠져들었습니다.

다

날이 어두워지고, 어느새 달이 떠올랐습니다. 그런데도 할아버지가 돌아오지 않자, 할머니는 걱정이 되었습니다. 할머니는 무서웠지만 혼자서 할아버지를 찾아 나섰습니다. 어두운 밤길을 한참 **걷다 보니** 저쪽에서 누군가 걸어오는 게 보였습니다. 할머니는 너무 반가워 달려갔지만, 할아버지가 아니라 어떤 젊은 사람이었습니다. 할머니는 힘이 빠져서 그냥 지나가려고 하는데 그 젊은 사람이 할머니에게 다가왔습니다.

"할멈, 나야!"

할머니는 너무 놀랐지만 옷과 지게는 할아버지의 물건이 **분명했습니다**. 그런데 할아버지의 **주글주글한** 피부는 <u>팽팽해졌고</u>, **굽은** 허리도 **곧게** 펴져 있었습니다. 할아버지는 파랑새를 따라가다가 샘물을 마신 이야기를 할머니에게 해 주었습니다. 할아버지의 말을 듣고 할머니도 샘물로 가서 그 물을 마셨습니다. 샘물을 마신 할머니도 젊고 예쁜 부인이 되었습니다.

라

이 이야기를 들은 마음씨 고약한 할아버지는 배가 아파서 **견딜** 수가 없었습니다. 그래서 부부를 찾아가 물어보았습니다. 마음씨 착한 부부는 샘물을 마신 이야기를 해 주었습니다. 그러자 마음씨 고약한 할아버지도 그 샘물을 찾아갔습니다. 그런데 그날 밤, 할아버지는 돌아오지 않았습니다. 부부는 걱정이 되어 마음씨 고약한 할아버지를 찾아 샘물이 있는 곳으로 갔습니다. 그런데 할아버지는 없고, "응애응애! 응애응애!"하고 갓난아기만 울고 있었습니다.

젊은 부부가 아기를 안아 올리자, 아기는 울음을 **뚝** 그치고 **방긋방긋** 웃었습니다. 그 아기는 바로 이웃 마을의 마음씨 고약한 할아버지였습니다. 욕심을 부려서 샘물을 너무 많이 마신 것입니다. 마음씨 착한 부부는 이 아이를 <u>키우기로 했습니다</u>. 그리고 아주 건강하고 행복하게 살았습니다.

三

　　天色漸黑，月亮不知不覺升起。老奶奶發現老爺爺還沒回家，就忍不住擔憂了起來。雖然害怕，老奶奶還是獨自一人出發前往尋找老爺爺。在昏暗的夜路上走了好一陣子，她看見有個人從遠方走過來，老奶奶非常高興，跑過去之後，才發現不是老爺爺，而是一個年輕人。老奶奶因失望而渾身無力，正想走開，那年輕人卻走向老奶奶。

　　「老伴，是我！」

　　老奶奶非常驚訝，衣服和揹架分明是老爺爺的東西，但老爺爺原本佈滿皺紋的皮膚變得豐潤，佝僂的腰身也伸展挺直了。老爺爺把追隨青鳥並喝了泉水的事情告訴老奶奶，聽了老爺爺的話，老奶奶也到了那個湧出泉水的地方喝下泉水，老奶奶也變成年輕又漂亮的女人了。

四

　　壞心眼的老爺爺聽聞此事，因為太過忌妒無法忍受，去找了那對夫婦問了詳細的緣由。善良的夫妻把喝了泉水的事情告訴了他，於是壞心眼的老爺爺也去了有泉水的地方。可是那天晚上，壞心眼老爺爺卻沒有回家。善良夫婦因為擔心，決定去尋找壞心眼老爺爺，但他們沒找到壞心眼老爺爺，只看見一個看似剛出生不久的嬰兒，哇哇哭著。

　　夫妻倆一抱，孩子隨即停止了哭聲，咧嘴而笑。原來，那個嬰兒正是隔壁的壞心眼老爺爺。他因為太過貪心，喝了太多的泉水，才變成這樣。最後，心地善良的夫婦決定收養這個孩子，他們過著健康、幸福的日子。

1 老爺爺是如何找到能變年輕的泉水？

2 變年輕的老爺爺是什麼樣子？

3 貪婪的老爺爺去喝泉水，為什麼沒有回來？

4 與《奇怪的泉水》內容相同的請打○，不同的請打×。

① 할아버지는 혼자 샘물을 찾아갔습니다. ( )

② 할아버지는 샘물을 마시자마자 졸렸습니다. ( )

③ 할머니는 샘물을 마시지 않았습니다. ( )

④ 욕심쟁이 할아버지도 샘물을 마시고 젊게 변했습니다. ( )

⑤ 착한 부부는 샘물 옆에 있는 아기를 키우기로 했습니다. ( )

5 在空格中填入符合句意的單字。

아파서	차며	방긋방긋	걸을 수 없었습니다

(1) 동네 사람들은 모두 혀를 ( ) 욕심쟁이 할아버지를 욕했습니다.

(2) 할아버지는 목도 마르고 다리도 아파서 더 이상 ( ).

(3) 마음씨 고약한 할아버지는 배가 ( ) 견딜 수가 없었습니다.

(4) 아기는 울음을 뚝 그치고 ( ) 웃었습니다.

6 請摘要《奇怪的泉水》的內容。

가 _____
_____
_____

나 _____
_____
_____

다 _____
_____
_____

라 _____
_____
_____

어휘

천벌	天譴、天罰	주글주글하다	皺皺的
나무를 하다	砍柴	곧다	直的、端正的
짐	擔子、行李	지게	背架
후들거리다	發抖	분명하다	分明的、清楚的
계곡	溪谷、山谷	견디다	忍受
한참	好一會、一段時間	뚝	戛然、突然
샘물	泉水	방긋방긋	咧嘴笑的樣子
꿀꺽꿀꺽	咕咚咕咚		

문형과 표현 익히기 句型和表達方式

❶ -거리다

表達重複某狀態或動作很多次。

> **예문** 할아버지는 다리가 <u>후들거렸습니다</u>.

(1) 밤하늘에 별이 _____.

(2) 버스가 _____ 책을 읽을 수가 없다.

(3) 아저씨가 술에 취해 _____ 걸어갑니다.

(4) 무대에 올라갔을 때, 너무 떨려서 가슴이 _____.

❷ -아/어/여지다

「變得～」，表達情況或事物有變化。

> **예문** 할아버지의 주글주글한 피부는 <u>팽팽해졌습니다</u>.

(1) 발음 연습을 열심히 해서 지난 학기보다 발음이 _____.

(2) 오전에는 날씨가 맑았는데, 오후부터 날씨가 점점 _____.

(3) 패스트푸드를 많이 먹으면 _____.

(4) 조금 전까지는 여기에 제 책이 있었는데 지금은 _____.

❸ -다 보니

持續或重複前面的動作或行為後變成某個狀態。

> **예문** 어두운 밤길을 한참 <u>걷다 보니</u> 저쪽에서 누군가 걸어오는 게 보였습니다.

(1) 내이 책은 처음에는 재미없었는데 _____ 재미있네요.

(2) 한국에서 오래 _____ 이제 한국사람 같다는 말을 많이 들어요.

(3) 벌써 12시예요? 컴퓨터 게임을 _____ 시간 가는 줄 몰랐어요.

(4) 김치가 처음엔 맛이 없다고 생각했는데 자주 _____ 이제는 맛이 있는 것 같아요..

❹ -기로 하다

決定做某事或下定決心時所使用。

> **예문** 마음씨 착한 부부는 이 아이를 <u>키우기로 했습니다</u>.

(1) 우리는 내일 저녁 6시에 시청 앞에서 _____.

(2) 버스가 없어서 택시를 _____.

(3) 술을 마시면 자주 실수를 해서 술을 _____.

(4) 귀찮지만 우산을 가져가라는 엄마의 말을 _____.

● 下列畫中的人物正在進行什麼樣的對話呢？請試著寫寫看。

할아버지 _____

_____

_____

_____

할머니 _____

_____

_____

_____

할아버지 _____

_____

할머니 _____

_____

할아버지 _____

_____

할머니 _____

_____

욕심쟁이　_____

_____

할아버지　_____

_____

할아버지　_____

_____

할머니　_____

_____

● 根據故事進行角色扮演並演出話劇

演出人員

할아버지 : _____　　　　할머니 : _____

욕심쟁이 : _____　　　　동네 사람들 : _____

파랑새 : _____

상상하여 말하기 想像並回答

1 욕심쟁이 할아버지는 새로운 부모를 만나 어떤 사람으로 자랐을까요?
貪心的老爺爺遇到了新的父母後，會成長為什麼樣的人？

_____

_____

_____

_____

2 '이상한 샘물'이 정말로 있다면 여러분은 어떻게 하시겠습니까?
如果真的有奇怪的泉水，大家會怎麼做？

_____

_____

_____

_____

3 사람이 늙지 않고 영원히 살 수 있다면 어떨까요?
人如果能長生不死會怎麼樣？

_____

_____

_____

_____

1 다음은 <이상한 샘물>에서 배운 어휘들입니다. 알고 있는 어휘에 ✔ 해 보세요.

☐ 천벌	☐ 샘물	☐ 견디다
☐ 나무를 하다	☐ 꿀꺽꿀꺽	☐ 뚝
☐ 짐	☐ 주글주글하다	☐ 방긋방긋
☐ 후들거리다	☐ 곧다	☐ 욕심을 부리다
☐ 계곡	☐ 지게	
☐ 한참	☐ 분명하다	

2 다음 문장의 (　　) 안에 들어갈 어휘를 알고 있는지 ✔ 하고 써 보세요.

☐ 그렇게 나쁜 마음으로 (　　　　　　)을/를 부리니까 친구들이 모두 싫어하지!
　*(　　　)쟁이 / (　　　)부리다

☐ 남의 것에 (　　　　　　)지 말고 자기가 가진 것에 만족해야 한다.

☐ 운동화를 한 번도 안 빨아서 냄새가 너무 (　　　　　　).

☐ 지하철에서 큰 소리로 싸우는 두 사람을 보고 사람들은 쯧쯧 (　　　　　　).

☐ 다리가 불편한 노인들은 (　　　　　　)고 걸으면 더 잘 걸을 수 있습니다.

☐ 친구가 온다고 해서 공항으로 (　　　　　　) 나가려고 해요.

☐ 한강에는 음악과 함께 물이 하늘로 (　　　　　　) 음악 분수가 있습니다.

☐ 양쪽에서 줄을 잡아당기면 줄이 (　　　　　　).

☐ 요가를 열심히 해서 (　　　　　　)(으)ㄴ 등이 곧게 펴졌어요.

3 다음 표 안의 문장을 읽고 할 수 있는 정도에 따라 상·중·하에 ✔ 해 보세요.

<이상한 샘물>의 줄거리를 말할 수 있다.	상	중	하
<이상한 샘물>에서 배운 문법을 사용하여 말할 수 있다.	상	중	하
<이상한 샘물>을 통해 한국 문화를 이해하는 데 도움이 되었다.	상	중	하

p.67

1. ① - ④ - ③ - ② - ⑦ - ⑤ - ⑥ - ⑧

這是什麼意思？

心術｜他心腸這麼壞，又愛耍心機，所以朋友們都不喜歡他。 ＊工於心計的人／耍心機

貪心｜不要貪圖他人的東西，應該要滿足自己所擁有的東西。

惡臭｜運動鞋一次都沒洗過，味道超臭。

咋舌｜看到兩個人在地鐵上大聲爭吵，旁人不禁咋舌。

拄著拐杖｜腿不方便的老人拄著拐杖走路可以走得更好。

迎接｜聽說朋友要來，所以想去接機。

噴出｜漢江上有個會伴隨音樂將水噴向天空的音樂噴泉。

緊繃｜繩子往兩端一拉就會變緊繃。

彎曲｜因為努力做瑜珈，所以將駝背拉直了。

p.72

1. 파랑새를 따라갔습니다. 跟著青鳥走。

2. 주글주글한 피부는 팽팽해졌고 굽은 허리도 곧게 펴졌 습니다.
   皺巴巴的皮膚變緊緻，駝背也挺直了。

3. 샘물을 너무 많이 마셔서 아기가 되었기 때문에.
   因為喝了太多泉水，變成了嬰兒。

4. ×①老爺爺獨自去尋找泉水。
   ○②老爺爺喝完泉水馬上變得很困。
   ×③老奶奶沒有喝泉水。
   ×④貪心的老爺爺喝了泉水後也變年輕了。
   ○⑤善良的夫婦決定養育泉水旁的嬰兒。

5. (1)村裡的人都（쯧쯧차며）舌罵貪婪的老爺爺。
   (2)老爺爺口渴，腿又痛，再也（걸을 수 없었습니다 走不動了）。
   (3)壞心的老爺爺肚子（痛아파서）得受不了。
   (4)孩子突然停止哭泣，（張嘴一笑방긋방긋）。

p.74

句型和表達方式

①-거리다

例 老爺爺的腿一直發抖。

(1)電夜空中的星星不斷閃爍반짝거립니다。

(2)公車很晃흔들거려서，所以無法讀書。

(3)大叔喝醉了,走路搖搖晃晃비틀거리며。
(4)上舞台時,因為太緊張了,所以心怦怦地一直跳두근거렸습니다。

②-아/어/여지다

例 老爺爺皺巴巴的皮膚變緊緻了。
(1)我很努力練習發音,所以發音比上學期好多了좋아졌습니다。
(2)上午天氣晴朗,從下午開始天氣逐漸轉陰흐려졌습니다。
(3)速食吃多了會變胖뚱뚱해집니다。
(4)我的書剛才還在這裡,現在不見了없어졌습니다。

③-다 보니

例 在黑暗的夜路上走了好長一段時間才看到有人從那邊走過來。
(1)這本書開頭很無聊,卻越讀읽다보니越有趣。
(2)在韓國生活了살다보니很長一段時間,所以經常聽到別人說我像韓國人。
(3)已經12點了嗎?玩著하다보니電腦遊戲,不知不覺時間就流逝了。
(4)剛開始覺得泡菜不好吃,後來經常吃먹다보니,現在反而覺得很好吃。

④-기로 하다

例 心地善良的夫婦決定撫養這個孩子。
(1)我們約好明晚六點在市政府前見面만나기로 했습니다。
(2)因為沒有公車,所以決定搭타기로 했습니다計程車。
(3)喝酒後容易犯錯,所以決定不喝酒了안 마시기로 했습니다。
(4)雖然麻煩,但是我還是聽了媽媽的話듣기로 했습니다,帶了雨傘。

p.79
課後複習

□他心腸這麼壞,又愛耍（心機심술）,所以朋友們都不喜歡他。
　＊（工於心計的人심술쟁이）／（耍心機심술부리다）
□不要（貪圖욕심을 부리다）他人的東西,應該要滿足自己所擁有的東西。
□運動鞋一次都沒洗過,味道超（臭고약하다）。
□看到兩個人在地鐵上大聲爭吵,旁人不禁（咋舌혀를 차다）。
□腿不方便的老人（拄著拐杖지팡이를 짚다）走路可以走得更好。
□聽說朋友要來,所以想去（接마중）機。
□漢江上有個會伴隨音樂將水（噴向솟아오르다）天空的音樂噴泉。
□繩子往兩端一拉就會變（緊繃팽팽하다）。
□因為努力做瑜珈,所以將（駝굽다）背拉直了。

퀴즈? 퀴즈!

밭에 굴러도 이승이 좋다.

即使生活得很辛苦，活著總比死了好的意思。

나의 건강지수는?

❶ 규칙적인 식사를 한다.
有規律的飲食。

❷ 편식이나 과식을 하지 않는다.
不偏食或暴食。

❸ 패스트푸드나 가공식품보다 자연식품을 좋아한다.
比起速食或加工食品，更喜歡天然食品。

❹ 매일 충분히 잠을 잔다.
每天都有充足的睡眠。

❺ 일주일에 3회 이상 운동을 한다.
一週運動三次以上。

❻ 취미 생활을 즐기고 있다.
從事喜歡的休閒活動。

❼ 담배를 피우지 않는다.
不抽菸。

❽ 사는 것이 재미있다고 생각한다.
覺得生活很有趣。

❾ 나 스스로를 멋진 사람이라고 생각한다.
認為自己是很棒的人。

❿ 나만의 스트레스 해소법이 있다.
有專屬的紓壓方法。

9개 이상	당신은 미래의 장수 노인이십니다!!
6개 ~ 8개	조금만 더 노력하면 장수 노인이 될 수 있습니다.
3개 ~ 5개	헉 – –; 위험합니다. 건강에 좀 더 관심을……
2개 이하	살기 싫으신가요? ㅠㅠ

믿거나 말거나……

퀴즈퀴즈 解答 움버

혹부리 영감

여러분은 당황했을 때 어떻게 합니까?

여러분은 거짓말이 나쁘기만 한 것이라고 생각합니까?

여러분은 위기를 벗어나기 위해 거짓말을 한 적이 있습니까?

腫瘤老頭

大家驚慌時會怎麼做？

大家覺得說謊無條件是不好的嗎？

大家曾為了擺脫危機而說謊嗎？

● 看以下的插圖，你覺得是什麼樣的故事內容呢？請試著說說看。

1 邊看圖片邊聽CD，按故事順序寫下圖片的編號。 **MP3 21**

| 1 | ➡ | | ➡ | | ➡ | | ➡ | | ➡ | | ➡ | | ➡ | 8 |

2 請把故事按照正確順序重新排列後並說出來。

3 再聽一遍，寫下陌生的單字。

| 가 MP3 22 | 나 MP3 23 | 다 MP3 24 | 라 MP3 25 |

這是什麼意思？

부럽다	친구가 상을 받는 모습을 보니 너무 **부러웠습니다**.
당황하다	화장실에 갔는데 휴지가 없어서 **당황했다**.
주머니	옷 **주머니** 안에 넣어 둔 지갑이 어떻게 없어졌지?
떼다	옷에 붙은 머리카락 좀 **떼어** 주세요.
달려 있다	사과나무에 사과가 주렁주렁 **달려 있어요**.
떨리다	많은 사람들 앞에서 발표를 하니까 너무 **떨려서** 실수를 많이 했어요.
훌륭하다	**훌륭한** 사람이 되기 위해서 아이들은 열심히 공부합니다.
붙이다	편지 봉투에 우표를 **붙였으니까** 이제 보내기만 하면 됩니다.
마구	밤마다 음식을 **마구** 먹어서 뚱뚱해졌어요.

혹부리 영감

가

옛날 옛날에, 얼굴에 **주먹만큼** 큰 **혹**이 **달려 있는** 어떤 할아버지가 살았습니다. 그래서 사람들은 그 할아버지를 혹부리 영감이라고 불렀습니다. 이 혹부리 영감은 마음씨가 착하고 노래도 잘 불러서 마을 사람들이 아주 좋아했습니다.

어느 날 혹부리 영감이 산에 나무를 하러 갔는데 일을 너무 열심히 해서 시간 <u>가는 줄도 몰랐습니다</u>. 밤이 되어서 집에 가려고 했지만 길이 너무 <u>어두운 데다가</u> 비까지 와서 길을 잃어버리고 말았습니다. 혹부리 영감은 비를 피하고 싶어서 근처에 빈집이 있는지 살펴보았습니다. 마침 근처에 있는 빈집을 발견하고 그곳에서 잠시 쉬었다가 가기로 했습니다.

나

빈집에서 쉬고 있는 혹부리 영감은 너무 무서웠습니다. 그래서 혹부리 영감은 노래를 부르기 시작했습니다. 그때 갑자기 '펑' 하는 소리와 함께 **도깨비**가 나타났습니다. 할아버지는 도깨비를 보고 깜짝 놀랐습니다. 도깨비는 할아버지가 노래를 잘 부르는 것이 **부러웠습니다**. 그래서 할아버지에게 어디에서 그렇게 좋은 목소리가 나오는지 물어보았습니다. 할아버지는 **당황했지만 재치를 발휘해서** "내 얼굴에 달려 있는 이 노래 **주머니**에서 나오지요." 하고 말했습니다. 도깨비는 그 말을 듣고 얼른 할아버지의 얼굴에서 혹을 **떼었습니다**. 그러고는 혹값으로 **금은보화**를 주고 사라져 버렸습니다. **평생** 얼굴에 달려 있던 혹이 없어지고 금은보화를 얻은 할아버지는 매우 기뻤습니다.

腫瘤老頭

一

　　很久很久以前，有一位老爺爺的臉上掛著如拳頭一般大小的肉瘤，所以人們都叫他腫瘤老頭。這位腫瘤老頭心性非常善良，歌也唱得很好，所以村裡的人都非常喜歡他。

　　有一天，腫瘤老頭到山上去砍柴，因為他工作太認真以至於忘記了時間，結束的時候已經晚上了。他雖然想回家，但因為回家的路太過黑暗，又開始下起了雨，所以他迷路了。腫瘤老頭想躲個雨，於是四處察看附近是否有空房子。剛好，他發現附近有間空屋，他決定在那個地方暫時休息後再離開。

二

　　在空屋休息時，腫瘤老頭因為太過害怕，所以開始唱起歌來。突然，「砰！」的一聲，有隻獨角妖怪跑了出來，老爺爺看到妖怪，嚇了一大跳。那隻妖怪非常羨慕腫瘤老頭能把歌唱得那麼好，問了老爺爺好聲音是從哪裡發出的，腫瘤老頭雖然有些慌張，但他發揮了機智，說：「是從掛在我臉上的這個歌聲口袋發出來的！」獨角妖怪一聽這話，趕緊把腫瘤從腫瘤老頭的臉上取了下來，還將許多金銀財寶送給了老爺爺。掛在臉上一輩子的肉瘤消失不見，又得到金銀財寶的老爺爺非常高興。

다

혹부리 영감이 혹도 없어지고 부자가 되었다는 소문은 이웃 마을에까지 퍼졌습니다. 이웃 마을에도 혹이 달린 한 영감이 살고 있었는데 이 영감은 얼마나 마음씨가 고약하고 욕심이 많은지 마을 사람들이 모두 싫어했습니다. 욕심 많은 혹부리 영감은 이 소식을 듣고 너무 배가 아팠습니다. 욕심 많은 혹부리 영감은 착한 혹부리 영감을 찾아가서 어떻게 해서 혹도 떼고 부자가 되었는지 물어보았습니다. 착한 혹부리 영감은 **사실**대로 이야기해 주었습니다.

라

욕심 많은 혹부리 영감도 그 빈집을 찾아서 산으로 갔습니다. 그리고 착한 혹부리 영감이 말해 준 대로 빈집에서 날이 어두워지기를 기다렸습니다. 날이 어두워지자 **떨리는** 마음으로 노래를 부르기 시작했습니다. 그러자 '펑' 하는 소리와 함께 도깨비가 또 나타났습니다. 욕심 많은 혹부리 영감은 더 크게 노래를 불렀습니다. 그러고는 도깨비에게 말했습니다.

"내 노래 주머니가 더 **훌륭하지요**? 내 혹도 사 가시오."

도깨비는 화가 났습니다. 착한 혹부리 영감의 혹을 달고 노래를 불러 보았지만 아무리 불러도 좋은 목소리가 나오지 않았기 때문입니다. 화가 난 도깨비는 착한 혹부리 영감의 혹까지 욕심 많은 혹부리 영감의 얼굴에 **철썩** 붙였습니다. 그러고는 도깨비**방망이로 마구** 때렸습니다.

욕심 많은 혹부리 영감은 혹을 떼고 싶어서 도깨비를 찾아갔지만 결국 혹을 <u>떼기는커녕</u> 혹을 하나 더 붙이게 되었답니다.

三

　　腫瘤老頭臉上的肉瘤不見，又成為有錢人的消息傳到了鄰村。而隔壁村里也剛好住著一位臉上有腫瘤的老頭，這個老頭個性很壞，還很貪得無厭，因此所有人都很討厭他。貪心的腫瘤老頭聽到這個消息非常忌妒，跑去找心地善良的腫瘤老頭，問他如何才能把肉瘤摘掉、並且變成有錢人，善良的老爺爺將事實告訴了他。

四

　　貪心的腫瘤老頭上山尋找那間空屋子，並按照善良腫瘤老頭的話在屋子裡等到天黑。天暗下來後，他開始以發抖的聲音唱起歌來，接著「砰！」的一聲，獨角妖怪又再次出現，貪心的腫瘤老頭更大聲地唱歌，並問妖怪：

　　「我的歌聲口袋更優秀吧？把我的肉瘤也買去吧！」

　　妖怪生氣了，因為他戴上了善良腫瘤老頭的肉瘤，唱歌還是發不出好聲音，生氣的妖怪把善良腫瘤老頭的肉瘤緊緊地黏在貪心的腫瘤老頭臉上，並用棒子把他暴打了一頓。

　　貪心的腫瘤老頭想把肉瘤摘掉，因此去找了妖怪。但是肉瘤不但沒有不見，反而還多了一個。

1　人們為何稱呼這位老爺爺為「長瘤的老爺爺」？

2　長瘤的老爺爺是如何摘掉臉上的瘤？

3　與《長瘤的老爺爺》內容相同的請打○，不同的請打×。

① 착한 혹부리 영감은 도깨비를 위해서 노래를 불렀다.　　　　　　　　（　　）

② 도깨비는 노래를 잘 부르고 싶어 한다.　　　　　　　　　　　　　　（　　）

③ 할아버지의 얼굴에 달려 있는 혹은 노래 주머니이다.　　　　　　　（　　）

④ 이웃 마을의 욕심 많은 혹부리 영감이 노래를 더 잘하기 때문에, 도깨비가 그 혹을 사 갔다.

（　　）

4　在空格中填入符合句意的單字。

달려 있는	떼고	철썩	피하고 싶어서

(1) 옛날에 주먹만큼 큰 혹이 얼굴에 (　　　　　　　) 어떤 할아버지가 살았습니다.

(2) 혹부리 영감은 비를 (　　　　　　) 근처에 빈집이 있는지 살펴보았습니다.

(3) 어떻게 해서 혹도 (　　　) 부자가 되었는지 물어보았습니다.

(4) 도깨비는 혹을 욕심 많은 혹부리 영감의 얼굴에 (　　　) 붙였습니다.

5 請摘要《長瘤的老爺爺》的內容。

가 _____

_____

_____

나 _____

_____

_____

다 _____

_____

_____

라 _____

_____

_____

어휘

영감	老頭、老先生	**금은보화**	金銀財寶
주먹	拳頭	**평생**	生平、一生
혹	肉瘤	**사실**	事實
도깨비	妖怪、鬼	**철썩**	緊緊地
(재치를) 발휘하다	發揮（機智）	**방망이**	棒子

문형과 표현 익히기 句型和表達方式

❶ 만큼

「如～」、「～般」，表達比喻或比較對象時使用。

> **예문** 얼굴에 <u>주먹만큼</u> 큰 혹이 달려 있는 어떤 할아버지가 살았습니다.

(1) 우리 아버지는 화가 나면 _____ 무서워요.

(2) 부모님은 나를 _____ 사랑하신다.

(3) 제인 씨와 카렌 씨는 노래를 _____ 잘 부른다.

(4) 월급이 _____ 적지만 그래도 제가 하는 일에 보람을 느낍니다.

❷ -(으)ㄴ/는/(으)ㄹ 줄 알다/모르다

表達知道／不知道某件事時使用。

> **예문** 일을 너무 열심히 해서 시간 <u>가는 줄도 몰랐습니다</u>.

(1) 교실 안에만 있어서 밖에 비가 _____.

(2) 오늘이 _____ 학교에 갔는데 아무도 없었어요.

(3) 카렌 씨는 음식이 _____ 먹어서 배탈이 났어요.

(4) 오단 씨는 우리 반의 우등생이니까, 나는 이번 수료식에 오단 씨가 우등상을
_____ 있었다.

❸ -(으)ㄴ/는 데다가

在某些事實或狀況上再附加其他狀況時使用。

> **예문** 길이 너무 <u>어두운 데다가</u> 비까지 와서 길을 잃어버리고 말았습니다.

(1) 다나카 씨는 키가 _____ 힘도 세요.

(2) 엄마는 나만 보면 매일 잔소리만 _____ 심부름까지 시키셔서 저는 요즘 머리가 아파요.

(3) 심한 감기에 걸려서 목이 _____ 열도 납니다.

(4) 어젯밤에 날씨가 _____ 모기도 많아서 잠을 못 잤어요.

❹ -기는커녕
은/는커녕

比較前後內容並強調前述內容無用時所使用。

> **예문** 혹을 <u>떼기는커녕</u> 혹을 하나 더 붙이게 되었답니다.

(1) 늦잠을 자서 아침밥을 _____ 물도 못 마시고 학교에 왔어요.

(2) 이번 시험에서 _____ 꼴찌만 안 해도 좋겠어요.

(3) 그 사람을 도와줬는데 그 사람은 _____ 오히려 화를 냈어요.

(4) 다이어트를 하려고 약을 먹었는데 살이 _____ 더 쪘어요.

● 下列畫中的人物正在進行什麼樣的對話呢？請試著寫寫看。

착한 영감 _____

_____

_____

_____

착한 영감 _____

_____

_____

_____

_____

도깨비 _____

_____

착한 영감 _____

_____

욕심쟁이 영감 _____

_____

착한 영감 _____

_____

욕심쟁이 영감 _____

_____

도깨비 _____

_____

욕심쟁이 영감 _____

_____

도깨비 _____

_____

● 根據故事進行角色扮演並演出話劇

착한 혹부리 영감 : _____   욕심 많은 혹부리 영감 : _____

도깨비 : _____

1 내가 만약 혹부리 영감이라면 어떻게 했을까요?
   如果你是長瘤的老爺爺，你會怎麼做？

   _____

   _____

   _____

   _____

   _____

2 만약 혹부리 영감에게 혹이 없었다면 어떻게 되었을까요?
   如果長瘤老爺爺沒有肉瘤會怎麼樣呢？

   _____

   _____

   _____

   _____

   _____

3 내가 만약 거짓말에 속은 도깨비였다면 어떻게 했을까요?
   如果你是被謊言欺騙的鬼怪，你會怎麼做？

   _____

   _____

   _____

   _____

   _____

체크하기
課後複習

1 다음은 <혹부리 영감>에서 배운 어휘들입니다. 알고 있는 어휘에 ✔ 해 보세요.

☐ 영감   ☐ 재치를 발휘하다   ☐ 철썩
☐ 주먹   ☐ 금은보화   ☐ 방망이
☐ 혹   ☐ 평생
☐ 도깨비   ☐ 사실

2 다음 문장의 (   ) 안에 들어갈 어휘를 알고 있는지 ✔ 하고 써 보세요.

☐ 친구가 상을 받는 모습을 보니 너무 (   ).

☐ 화장실에 갔는데 휴지가 없어서 (   ).

☐ 옷 (   ) 안에 넣어 둔 지갑이 어떻게 없어졌지?

☐ 옷에 붙은 머리카락 좀 (   )아/어 주세요.

☐ 사과나무에 사과가 주렁주렁 (   ).

☐ 많은 사람들 앞에서 발표를 하니까 너무 (   )아/어서 실수를 많이 했어요.

☐ (   ) 사람이 되기 위해서 아이들은 열심히 공부합니다.

☐ 편지 봉투에 우표를 (   )(으)니까 이제 보내기만 하면 됩니다.

☐ 밤마다 음식을 (   ) 먹어서 뚱뚱해졌어요.

3 다음 표 안의 문장을 읽고 할 수 있는 정도에 따라 상·중·하에 ✔ 해 보세요.

<혹부리 영감>의 줄거리를 말할 수 있다.	상	중	하
<혹부리 영감>에서 배운 문법을 사용하여 말할 수 있다.	상	중	하
<혹부리 영감>을 통해 한국 문화를 이해하는 데 도움이 되었다.	상	중	하

翻譯&解答

p.85

1. ① - ④ - ② - ③ - ⑦ - ⑥ - ⑤ - ⑧

這是什麼意思？

羨慕 │ 看到朋友獲獎的樣子，我非常羨慕。

驚慌 │ 進了廁所後發現沒有衛生紙，所以很驚慌。

口袋 │ 放在衣服口袋裡的錢包怎麼不見了？

摘掉 │ 請幫我撥掉黏在衣服上的頭髮。

掛著 │ 蘋果樹上掛著一顆顆蘋果。

緊張 │ 在眾人面前演說，因為太緊張所以出了許多失誤。

優秀 │ 為了成為優秀的人，孩子們很認真學習。

黏貼 │ 在信封上貼好郵票了，只要寄出去就行。

隨意 │ 每天晚上都隨意吃了很多東西，所以變胖了。

p.90

1. 얼굴에 주먹만큼 큰 혹이 달려 있어서.因為老爺爺臉上掛著拳頭般大小的瘤。

2. 재치를 발휘해서. 老爺爺發揮機智。

3. ×①善良的長瘤老爺爺為了鬼怪而唱歌。

　　○②鬼怪想把歌唱得好聽。

　　×③掛在老爺爺臉上的瘤是歌曲口袋。

　　×④鄰村貪心的長瘤老爺爺歌唱得更好，所以鬼怪買走了他的瘤。

4. (1)從前，有位老爺爺臉上(掛著달려 있는)像拳頭一樣大的瘤。

　　(2)長瘤老爺爺(為了躲避하고 싶어서)雨，所以去查看附近有沒有空房子。

　　(3)我問他是如何(摘掉떼고)瘤並致富的。

　　(4)鬼怪把瘤(緊緊地철썩)貼在貪婪長瘤老爺爺的臉上。

p.92

句型和表達方式

①만큼

例 有個臉上掛著拳頭般大肉瘤的老爺爺。

(1)我爸爸生氣的話，會像老虎호랑이만큼一樣可怕。

(2)父母對我的愛像天空하늘만큼一樣大。

(3)珍妮和卡倫唱得像歌手가수만큼一樣好。

(4)雖然薪資微不足道쥐꼬리만큼，但是我依然覺得自己的工作很有價值。

②-(으)ㄴ/는/(으)ㄹ 줄 알다/모르다나타낼

例 因為太認真工作，都不知道時間流逝。

(1)因為待在教室裡，所以<u>不知道外面下雨오는 줄 몰랐습니다</u>。

(2)<u>以為今天是平日평일인 줄 알고</u>，所以去了學校，但是一個人都沒有。

(3)卡倫<u>不知道食物壞了상한 줄 모르고</u>，所以拉肚子了。

(4)吳丹是我們班的資優生，所以我<u>以為</u>這次結業典禮會是吳丹<u>得優等獎받을 줄 알고</u>。

③-(으)ㄴ/는 데다가

例 路太暗再加上下雨，所以迷路了。

(1)田中<u>不僅個子高큰 데다가</u>，力氣也很大。

(2)媽媽每天看到我就<u>嘮叨하는 데다가</u>，還叫我跑腿，讓我最近很頭痛。

(3)得了重感冒，<u>喉嚨很痛아픈 데다</u>，還發燒了。

(4)昨天晚上<u>天氣熱더운 데다가</u>，再加上蚊子多，所以沒睡好。

④-기는커녕

例 非但沒有摘下肉瘤，反而還多了一個肉瘤。

(1)因為睡懶覺，<u>別說吃早餐了먹기는커녕</u>，連水都沒喝就來學校了。

(2)這次考試<u>別說拿第一名了일등은커녕</u>，不掉到最後一名就行了。

(3)幫了那個人，但他<u>別說打招呼了인사는커녕</u>，反而生氣了。

(4)為了減肥，所以吃了藥，但是<u>別說瘦了빠지기는커녕</u>，反而胖了。

p.97

課後複習

☐看到朋友獲獎的樣子，我非常（羨慕부럽다）。

☐進了廁所後發現沒有衛生紙，所以很（驚慌당황하다）。

☐放在衣服（口袋주머니）裡的錢包怎麼不見了？

☐請幫我（撥掉떼다）黏在衣服上的頭髮。

☐蘋果樹上（掛著달려 있다）一顆顆蘋果。

☐在眾人面前演說，因為太（緊張떨리다）所以出了許多失誤。

☐為了成為（優秀的훌륭하다）人，孩子們很努力學習。

☐在信封上（貼好붙이다）郵票了，只要再寄出去就行。

☐每天晚上都（隨意마구）吃了很多東西，所以變胖了。

퀴즈? 퀴즈!

□□□□ 떼러 갔다가 □□□□ 붙여 온다.

期待好事而前往，反而只會遇到壞事的意思。

노래 불러 봐요~

도깨비 나라

박태준 작곡

이 상 하 고 아 름 다 운 도 깨 비 나 라

방 망 이 를 두 드 리 면 무 엇 이 될 - 까

금 나와라 와라 뚝 - 딱 은 나와라 와라 뚝 - 딱

함께
불러 봐요~

퀴즈퀴즈 解答 혹 / 눈

6과

단군 이야기

한국의 건국신화에 대해 들어 보았습니까?

여러분 나라에도 동물과 관련된 신화가 있습니까?

여러분은 어떤 일을 중간에 포기해서 후회한 적이 있습니까?

檀君的故事

大家聽過韓國的建國神話嗎？
大家的國家也有與動物相關的神話嗎？
大家曾經因為中途放棄某事而後悔嗎？

● 看以下的插圖，你覺得是什麼樣的故事內容呢？請試著說說看。

1 　邊看圖片邊聽CD，按故事順序寫下圖片的編號。　 **MP3** 26

1 ➡ 　 ➡ 　 ➡ 　 ➡ 　 ➡ 　 ➡ 8

2 　請把故事按照正確順序重新排列後並說出來。

3 　再聽一遍，寫下陌生的單字。

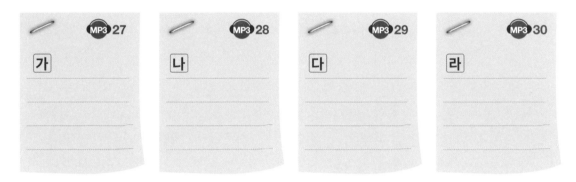

MP3 27	**MP3** 28	**MP3** 29	**MP3** 30
가	나	다	라

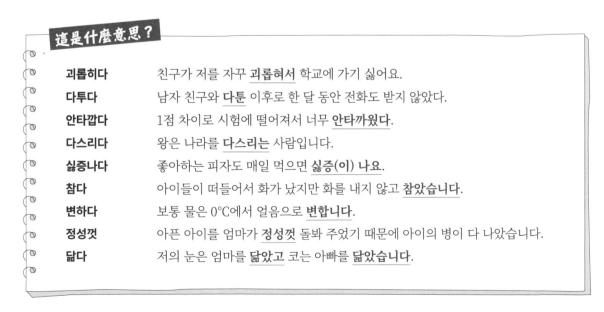

這是什麼意思？

괴롭히다	친구가 저를 자꾸 **괴롭혀서** 학교에 가기 싫어요.
다투다	남자 친구와 **다툰** 이후로 한 달 동안 전화도 받지 않았다.
안타깝다	1점 차이로 시험에 떨어져서 너무 **안타까웠다**.
다스리다	왕은 나라를 **다스리는** 사람입니다.
싫증나다	좋아하는 피자도 매일 먹으면 **싫증(이) 나요**.
참다	아이들이 떠들어서 화가 났지만 화를 내지 않고 **참았습니다**.
변하다	보통 물은 0℃에서 얼음으로 **변합니다**.
정성껏	아픈 아이를 엄마가 **정성껏** 돌봐 주었기 때문에 아이의 병이 다 나았습니다.
닮다	저의 눈은 엄마를 **닮았고** 코는 아빠를 **닮았습니다**.

단군 이야기

가

옛날 아주 먼 옛날에 환인이라는 하늘나라 임금님이 있었습니다. 환인에게는 여러 명의 왕자들이 있었는데 환웅은 다른 형제들과는 좀 달랐습니다. 환웅은 자신이 살고 있는 하늘나라에는 별로 관심이 없고 하늘 밑 인간 세상에만 관심이 있었습니다. 인간 세상은 하늘나라처럼 **평화롭지** 않아 보였습니다. 인간 세상에서는 힘 있는 사람이 힘없는 사람을 **괴롭히고** 사람들은 서로 **다투거나** 나쁜 짓을 하기도 했습니다. 그것을 보며 환웅은 **안타깝게** 생각하고 있었습니다.

그래서 하늘나라 임금님은 환웅에게 아주 **신비한** 물건을 주면서 인간 세상에 내려가서 인간을 **다스리라고** 했습니다. 그 신비한 물건은 '천부인'이라는 물건인데 바로 거울, 칼, **방울**입니다. 환웅은 바람을 **맡은** 신과 비를 맡은 신, 그리고 구름을 맡은 신과 3천 명의 **무리**를 데리고 인간 세상인 땅으로 내려왔습니다. 땅으로 내려오자마자 하늘나라에 **제사**를 지낼 수 있는 높은 곳에 **제단**을 만들었습니다. 그리고 그 아래쪽에 마을을 만들었습니다. 사람들은 그를 '환웅천왕'이라고 불렀습니다.

환웅천왕은 사람들에게 **농사를 짓게** 했습니다. 그리고 병을 낫게 해 주었습니다. 좋은 일을 하는 사람에게는 상을 주고, 나쁜 일을 하는 사람에게는 **벌**을 주었습니다. 환웅이 사람들을 위해 맡은 일은 360여 가지나 되었습니다.

나

환웅이 다스리는 곳에는 어떤 **동굴**이 있었는데 그 속에는 곰 한 마리와 호랑이 한 마리가 살고 있었습니다. 이 곰과 호랑이는 두 발로 서서 걸어 다니는 사람들이 부러웠습니다. 그리고 사람들이 다른 동물들과는 비교할 수 없을 정도로 똑똑한 것이 부러웠습니다. 그래서 환웅천왕을 찾아가 사람이 되게 해 달라고 부탁했습니다. 환웅은 이들에게 신비한 쑥과 마늘을 주면서 말했습니다.

檀君的故事

一

　　很久很久以前，有一位名叫桓因的天國國王，他膝下有數名王子。其中，桓雄與其他兄弟略有不同，他對自己所居住的天國不大關心，卻極為關心天空下的人類世界。人類世界看起來不像天國那麼平和，在那裡，有力量的人會欺負沒有力量的人，人們爭吵、做壞事，看到這些，桓雄覺得非常心痛。

　　因此，天國國王給了桓雄非常神祕的東西，並命令他降臨人間，治理人類。那神祕的東西叫做「天符印」，即鏡子、刀子和鈴鐺。桓雄帶著掌管風的神仙、掌管雨的神仙、掌管雲的神仙和三千人，來到了人類世界的土地上。桓雄一來到地上，就在可以祭祀天國的高處建造了祭壇，並在祭壇下方建設了村莊，人們稱呼他為「桓雄天王」。

　　桓雄天王讓人們務農，治療人類的病，給做好事的人獎賞、懲罰做壞事的人，桓雄為人類所做的事情，足足有三百六十餘件。

二

　　桓雄治理的地方有個洞窟，裡面住著一隻熊和一隻老虎。熊和老虎都很羨慕可以用兩隻腳行走的人類，以及其他動物都無法與之相比的聰明，所以牠們跑去找桓雄，請求桓雄將牠們變成人類。桓雄給了牠們神祕的艾草和蒜頭，並說道：「你們在一百天的期間內不能見到陽光，只能在洞窟裡吃這些艾草和蒜頭，耐心等候。這樣，你們變成人的願望就會實現。」

"너희들은 100일 동안 햇빛을 보지 말고 동굴 속에서 이 쑥과 마늘만 먹으며 기다려야 한다. 그러면 소원대로 사람이 될 수 있을 것이다."

다

곰과 호랑이는 그렇게 하겠다고 자신 있게 대답한 후 쑥과 마늘을 가지고 동굴 속으로 들어갔습니다. 동굴 속에서 며칠이 지나자 호랑이는 이런 생활이 **싫증이 났습니다.** 곰은 호랑이를 **달래며** 조금만 **참자고** 했습니다. 그러나 호랑이는 고기도 먹고 싶고 산과 들도 **마음껏** 뛰어다니고 싶었습니다. 결국 호랑이는 동굴 밖으로 나오고 말았습니다.

호랑이도 없는 동굴 속에서 곰은 외로웠지만 인간이 되겠다는 희망으로 참고 또 참았습니다. 100일이 되는 날 곰은 동굴 밖으로 나왔습니다. 그런데 곰의 모습은 이미 인간 여자의 모습으로 **변해** 있었습니다. 이 여자가 바로 웅녀입니다. 웅녀는 보통의 여자처럼 결혼해서 아이를 낳고 싶었습니다. 그래서 매일 제단으로 가서 아이를 낳게 해 달라고 **정성껏** 기도했습니다. 하루도 **빠짐없이** 기도하는 모습을 본 환웅은 감동했습니다. 환웅은 인간 남자의 모습으로 변해 웅녀와 결혼했습니다. 웅녀는 소원대로 아이를 갖게 되었고 아주 건강한 남자아이를 낳았습니다.

라

이 아이는 자라면서 점점 환웅을 **닮아** 아주 **슬기롭고 용감하게** 자랐습니다. **세월이 흘러** 이 아이는 환웅의 뒤를 **이어** 인간 세상을 다스렸습니다. 그가 곧 단군왕검입니다. 단군은 평양성에 **도읍**을 정하고 나라를 세웠습니다. 이 나라가 바로 한민족이 처음으로 세운 나라인 '고조선'입니다.

三

　　熊和老虎有信心地回答願意照做之後，拿著艾草及蒜頭進了洞窟。在洞窟中過了幾天，老虎對這樣的生活感到厭煩，熊一直安慰老虎，要牠再忍耐一陣子，但是老虎既想吃肉，也想盡情地在山上和草原奔跑，因此老虎走出了洞窟。

　　在沒有老虎的洞窟裡，熊雖然寂寞，但因想著成為人類的願望，忍耐再忍耐，在過了一百天之後，熊終於從洞窟出來了。這時，熊的樣貌已經變成女人的樣子了，這個女人正是熊女。雄女就如同一般的女人，想要結婚、生子，所以每天都到祭壇，全心祈求自己能夠生育。桓雄看到她每日不漏禱告的模樣，深受感動，於是化身成男子和熊女結了婚，如熊女的願望，她終於懷孕，並誕下一個非常健康的男孩。

四

　　這個男孩越長大越像桓雄，非常聰明且勇敢。隨著歲月流逝，這個孩子繼承了桓雄的王位，統治人類世界。他就是檀君王儉。檀君將平壤定為首都，建立了國家，這個國家正是韓民族最早建立的國家「古朝鮮」。

1　桓雄帶了什麼，並且和誰來到這個世界？

2　老虎為什麼逃出洞穴？

3　與《檀君的故事》內容相同的請打○，不同的請打✗。

① 환웅은 하늘나라에 관심이 없고 인간 세상에만 관심이 있었습니다.　　　( )
② 곰과 호랑이는 동굴에서 100일을 지냈습니다.　　　( )
③ 인간이 된 곰은 호랑이와 결혼을 했습니다.　　　( )
④ 웅녀가 나은 아기의 이름은 '고조선'입니다.　　　( )

4　在空格中填入符合句意的單字。

쑥과 마늘	다스리라고	상	다투거나	벌

(1) 사람들은 서로 (　　　　　　) 나쁜 짓을 하기도 했습니다.

(2) 하늘나라 임금님은 환웅에게 신비한 물건을 주면서 인간 세상에 내려가서 인간들을
　　(　　　　　　) 했습니다.

(3) 좋은 일을 하는 사람에게는 (　　　　　)을 주고 나쁜 일을 하는 사람에게는
　　(　　　　　　)을 주었습니다.

(4) 환웅은 곰과 호랑이에게 (　　　　　　)을 주면서 말했습니다.

5 請摘要《檀君的故事》的內容。

가
_____

_____

_____

나
_____

_____

_____

다
_____

_____

_____

라
_____

_____

_____

어휘

평화롭다	平和的、安逸的	**동굴**	洞穴、洞窟
신비하다	神祕的	**달래다**	勸慰、安慰
방울	鈴鐺	**마음껏**	盡情地
맡다	擔當、負責	**빠짐없이**	毫無遺漏地
무리	人群	**슬기롭다**	聰慧的、賢慧的
제사	祭祀	**용감하다**	勇敢的
제단	祭壇	**세월이 흐르다**	歲月流逝
농사를 짓다	務農	**잇다**	繼承
벌	刑罰	**도읍**	都市

문형과 표현 익히기 句型和表達方式

❶ -아/어/여 보이다

「看起來～」，表達推測或感覺某個東西表面上像另一種東西。

> **예문** 인간 세상은 하늘나라처럼 평화롭지 않아 보였습니다.

(1) 무슨 일 있어요? 얼굴이 _____.

(2) 미용실에 갔다 왔군요. 훨씬 _____.

(3) 동그란 안경을 쓰니까 _____.

(4) 빨간 떡볶이가 너무 _____.

❷ -게 하다

指使別人做某事時。

> **예문** 환웅천왕은 사람들에게 농사를 짓게 했습니다.

(1) 선생님은 항상 학생들을 _____.

(2) 내 친구 샤샤는 아주 재미있어서 나를 _____.

(3) 화가 난 오정 씨는 모두를 밖으로 _____.

(4) 그 소설책은 너무 슬퍼서 사람들을 _____.

❸ -(으)ㄹ 정도로

後文的狀態或動作與前文提到的性質或狀態相似時。

> **예문** 다른 동물들과는 <u>비교할 수 없을 정도로</u> 똑똑한 것이 부러웠습니다.

(1) 처음에는 어색했는데 이제는 서로 농담을 _____ 친해졌습니다.

(2) '불닭'은 맵기로 유명한데 입에 불이 _____ 맵다.

(3) 제주도의 바다는 외국 잡지에 _____ 아름답다.

(4) 가수 '빅뱅'은 한국에서 누구나 _____ 유명하다.

❹ -아/어/여 있다

表達某行為結束後該狀態仍持續。

> **예문** 곰의 모습은 이미 인간 여자의 모습으로 <u>변해 있었습니다.</u>

(1) 카렌 씨는 동물 그림을 좋아해서 카렌 씨의 집 벽에는 다양한 동물 그림이
_____.

(2) 아침에 내 책상 위에 선물이 _____ 기분이 좋았다.

(3) 민수 씨 집의 문이 _____. 민수 씨가 집에 없는 것 같아요.

(4) 엄마는 몸살감기에 걸려서 하루 종일 침대에 _____.

● 下列畫中的人物正在進行什麼樣的對話呢？請試著寫寫看。

환인 _____

_____

환웅 _____

_____

곰 _____

_____

호랑이 _____

_____

곰/호랑이 _____

_____

환웅 _____

_____

호랑이 _____

_____

곰 _____

_____

웅녀 _____

_____

_____

_____

웅녀 _____

_____

환웅 _____

_____

웅녀 _____

_____

환웅 _____

_____

● 根據故事進行角色扮演並演出話劇

演出人員

환웅 : _____   환인 : _____

호랑이 : _____   곰 : _____

1 환웅이 인간 세상에 관심이 없었다면 어떻게 되었을까요?
如果桓雄對人間沒興趣，會怎麼樣？

_____

_____

_____

_____

2 호랑이가 100일 동안 잘 참고 동굴에서 쑥과 마늘만 먹었다면 어떻게 되었을까요?
如果老虎忍了一百天，在洞穴裡只吃艾草和大蒜，會怎麼樣呢？

_____

_____

_____

_____

3 여러분은 곰 같은 사람입니까? 호랑이 같은 사람입니까? 그 이유는 무엇입니까?
大家是像熊一樣的人嗎？還是像老虎一樣的人呢？理由是什麼？

_____

_____

_____

_____

1　다음은 <단군 이야기>에서 배운 어휘들입니다. 알고 있는 어휘에 ✔ 해 보세요.

☐ 평화롭다　　　☐ 제단　　　　☐ 빠짐없이
☐ 신비하다　　　☐ 농사를 짓다　☐ 슬기롭다
☐ 방울　　　　　☐ 벌　　　　　☐ 용감하다
☐ 맡다　　　　　☐ 동굴　　　　☐ 세월이 흐르다
☐ 무리　　　　　☐ 달래다　　　☐ 잇다
☐ 제사　　　　　☐ 마음껏　　　☐ 도읍

2　다음 문장의 (　　) 안에 들어갈 어휘를 알고 있는지 ✔ 하고 써 보세요.

☐ 친구가 저를 자꾸 (　　　　　　　)아/어서 학교에 가기 싫어요.

☐ 남자 친구와 (　　　　　　)(으)ㄴ 이후로 한 달 동안 전화도 받지 않았다.

☐ 1점 차이로 시험에 떨어져서 너무 (　　　　　　).

☐ 왕은 나라를 (　　　　　　)는 사람입니다.

☐ 좋아하는 피자도 매일 먹으면 (　　　　　　).

☐ 아이들이 떠들어서 화가 났지만 화를 내지 않고 (　　　　　　).

☐ 보통 물은 0℃에서 얼음으로 (　　　　　　).

☐ 아픈 아이를 엄마가 (　　　　　　) 돌봐 주었기 때문에 아이의 병이 다 나았습니다.

☐ 저의 눈은 엄마를 (　　　　　　)고 코는 아빠를 (　　　　　　).

3　다음 표 안의 문장을 읽고 할 수 있는 정도에 따라 상·중·하에 ✔ 해 보세요.

<단군 이야기>의 줄거리를 말할 수 있다.	상	중	하
<단군 이야기>에서 배운 문법을 사용하여 말할 수 있다.	상	중	하
<단군 이야기>를 통해 한국 문화를 이해하는 데 도움이 되었다.	상	중	하

p.103

1. ① - ⑦ - ⑥ - ④ - ⑤ - ③ - ② - ⑧

這是什麼意思？

欺負｜朋友常常<u>欺負</u>我，所以我不想去學校。

吵架｜和男友<u>吵架</u>後，<u>一整個月</u>都不接電話。

可惜｜以一分之差考試落榜，太<u>可惜</u>了。

治理｜君王是<u>統治</u>國家的人。

厭煩｜每天吃喜歡的披薩也是會感到<u>厭倦</u>的。

忍耐｜因為孩子吵架而生氣，但是<u>忍住</u>沒發火。

變化｜通常水在0°C時會<u>變成</u>冰。

盡心地｜由於媽媽<u>盡心</u>照顧生病的孩子，孩子的病痊癒了。

相像｜我的眼睛<u>像</u>媽媽，鼻子<u>像</u>爸爸。

p.108

1. 천부인을 가지고 바람을 맡은 신과 비를 맡은 신, 그리 고 구름을 맡은 신과 3천 명의 무리를 데리고.

   他帶著天符印，並且和掌管風的風神、負責雨的雨神、管雲的雲神，以及三千人來到這個世界。

2. 고기도 먹고 싶고 산과 들도 마음껏 뛰어다니고 싶어서.

   他想吃肉，也想盡情地在山野奔跑。

3. ○①桓雄對天堂不感興趣，只對人間有興趣。

   ×②熊和老虎在洞窟中度過了一百天。

   ×③變成人的熊和老虎結婚了。

   ×④熊女生下的孩子被取名為「古朝鮮」。

4. (1)人們還在 (爭吵다투거나) 或做壞事。

   (2)天國皇帝給桓雄神秘的東西，讓他下凡 (治理다스리라고) 人間。

   (3)對做好事的人給予 (獎勵상)，對做壞事的人給予 (懲罰벌)。

   (4)桓雄一邊給熊和老虎 (艾草和大蒜쑥과 마늘)，一邊說。

p.110

句型和表達方式

①-아/어/여 보이다

例 人間看起來不像天堂那樣和平。

(1)發生什麼事了嗎？臉色<u>看起來很差어두워 보여요</u>。

(2)原來你去了美容院，<u>看起來更漂亮了예뻐 보여요</u>。

(3)因為戴了圓眼鏡，所以<u>看起來很帥멋있어 보여요</u>。

(4)紅色的炒年糕看起來很辣매워 보여요。

②-게 하다
例 桓雄王叫百姓們種田。
(1)老師總是叫學生學習공부하게 합니다。
(2)我的朋友莎莎很有趣，總是能逗我開心웃게 합니다。
(3)生氣的吳婷把所有的人都趕出去了나가게 했습니다。
(4)那本小說太悲傷，讓人哭了울게 합니다。

③-(으)ㄹ 정도로
例 擁有其他動物無可比擬的聰明，令人羨慕。
(1)剛開始很尷尬，但是現在卻親密到可以互開玩笑的程度할 정도로。
(2)辣雞麵以辣著稱，辣到讓人嘴巴噴火날 정도로。
(3)濟州島的海洋非常美麗，甚至被外國雜誌介紹소개될 정도로。
(4)歌手BigBang在韓國有名到人人都知道알 정도로。

④-아/어/여 있다
例 熊的模樣已經變成人類女性的模樣。
(1)因為凱倫喜歡動物畫，所以他家牆上掛著걸려 있습니다各式各樣的動物畫。
(2)早上發現我的桌子上放著놓여 있어서禮物，所以心情很好。
(3)民秀家的門是關著的닫혀 있습니다，他好像不在家。
(4)媽媽得了感冒，所以一整天躺在床上누워 계십니다。

p.115
課後複習
□朋友常常（欺負괴롭히다）我，所以我不想去學校。
□和男友（吵架다투다）後，一整個月都不接電話。
□以一分之差考試落榜，太（可惜안타깝다）了。
□君王是（統治다스리다）國家的人。
□每天吃喜歡的披薩也是會感到（厭倦싫증나다）的。
□因為孩子吵架而生氣，但是（忍住참다）沒發火。
□通常水在0℃時會（變成변하다）冰。
□由於媽媽（盡心정성껏）照顧生病的孩子，孩子的病痊癒了。
□我的眼睛（像닮다）媽媽，鼻子（像닮다）爸爸。

연대표 만들기

한국의 연대표

연대		국가
70만 년 전 B.C. 6000	구석기 신석기	
B.C. 2333	청동기 철기	고조선 건국
B.C. 57 B.C. 37 B.C. 18 660 668	삼국 시대	신라 건국 고구려 건국 백제 건국 신라에 백제 멸망 신라에 고구려 멸망
698 926 918 935	남북국 시대	발해 건국 거란에 발해 멸망 고려 건국 신라 멸망
918 ~ 1392	고려 시대	고려 멸망
1392 ~ 1910	조선 시대	조선 건국 조선 멸망
1910~1945		일제강점기
1945~1948		미국 군정
1948 ~ 현재	남한 북한	대한민국 정부 수립

나의 연대표

연도	중요한 일
_____년	_____에서 출생
~ 현재	

금도끼 은도끼

여러분은 욕심이 많은 편입니까?

여러분은 욕심을 부리다가 손해를 본 적이 있습니까?

여러분은 욕심을 버린 결과 오히려 이익을 본 적이 있습니까?

金斧頭與銀斧頭

大家算是貪心的人嗎？

大家是否曾因為貪心而吃虧呢？

大家是否曾因為拋棄貪欲反而獲益呢？

● 看以下的插圖，你覺得是什麼樣的故事內容呢？請試著說說看。

1   邊看圖片邊聽CD，按故事順序寫下圖片的編號。    MP3 31

1 ➡ ➡ ➡ ➡ ➡ ➡ ➡ 8

2   請把故事按照正確順序重新排列後並說出來。

3   再聽一遍，寫下陌生的單字。

가 MP3 32

나 MP3 33

다 MP3 34

라 MP3 35

這是什麼意思？

보살피다	그 유치원 선생님은 아이들을 매우 세심하게 **보살핀다**.
빠뜨리다	친구와 공놀이를 하다가 공을 호수에 **빠뜨리고** 말았다.
굶다	하루 종일 아무것도 먹지 못하고 **굶었어요**.
울먹이다	그 아이는 경찰에게 길을 잃어버렸다고 **울먹이며** 말했다.
젓다	그 사람에게 돈을 주었지만, 그는 손을 휘휘 **저으며** 받지 않았다.
낡다	이사 갈 때 오래되어서 **낡은** 물건들을 모두 버렸다.
절을 올리다	설날에 어른들께 **절을 올리면** 세뱃돈을 주십니다.
제일가다	민수 씨는 우리 학교에서 **제일가는** 우등생이다.
던지다	쓰레기를 아무 데나 **던져서** 버리면 안 됩니다.

금도끼 은도끼

가

옛날 어느 마을에 마음씨 착한 **나무꾼**이 홀어머니와 함께 살았습니다. 나무꾼은 너무 가난해서 매일 나무를 해서 팔아도 밥을 먹고 살기가 힘들 정도였습니다. 그러나 나무꾼은 정성을 다하여 어머니를 **보살폈습니다**. 동네 사람들은 이 착한 나무꾼을 늘 칭찬했습니다.

오늘도 나무꾼은 나무를 하기 위해 아침 일찍 산으로 갔습니다. 나무꾼은 작은 연못이 있는 숲에서 나무를 했습니다. 나무꾼은 열심히 **도끼질**을 했고 그의 옆에는 점점 많은 나무가 쌓였습니다. 나무꾼은 어머니가 좋아하는 생선을 사 드릴 생각에 도끼질을 멈추지 않았습니다. 이마로 <u>줄줄</u> 흐르는 땀을 닦아 내고는 **신나게** 도끼질을 하는데 그만 실수로 도끼를 연못에 **풍덩 빠뜨렸습니다**. 가난한 나무꾼에게 도끼는 매우 소중한 물건이었습니다. 도끼가 없으면 나무를 할 수 없고, 나무를 할 수 없으면 쌀도 반찬도 아무것도 살 수 없습니다. 늙으신 어머니 걱정에 **엉엉** 울고 말았습니다.

나

그때 연못 속에서 수염이 하얀 산신령이 나타났습니다. 산신령은 나무꾼에게 무슨 일로 울고 있냐고 물었습니다. 나무꾼은 도끼를 연못에 빠뜨렸는데 그것이 없으면 어머니가 **굶게** 된다고 **울먹였습니다**. 산신령은 나무꾼의 말을 듣고 연못 속으로 사라졌습니다. 그런데 얼마 후 산신령이 다시 나타났습니다. 그의 손에는 **번쩍번쩍** 빛나는 금도끼가 있었습니다. 산신령은 나무꾼에게 말했습니다.

"나무꾼아, 이 금도끼가 네 도끼냐?"

나무꾼은 손을 휘휘 **저으며** 아니라고 말했습니다. 그러자 산신령은 다시 연못 속으로 사라졌습니다. 얼마 후 다시 나타난 산신령의 손에는 은도끼가 있었습니다.

金斧頭與銀斧頭

一

　　很久很久以前，在一個村莊裡，有位心地善良的樵夫和他的寡母住在一起。樵夫因為太過貧窮，即使每天砍柴再拿去販賣，也沒辦法吃飽，但是橋夫還是盡心盡力地照顧母親，村子裡的人都經常稱讚這位心地善良的樵夫。

　　今天橋夫也為了砍柴，一大早就上山了，他在一片有小荷花池的樹林裡砍柴。樵夫非常認真地砍柴，所以他的身旁堆積了越來越多的木頭，樵夫因為想買母親喜歡吃的魚，一直不停地做事。他一邊擦拭額頭上不斷留下的汗水，一邊高興地砍柴。一不小心，「噗通」一聲，他的斧頭掉進了荷花池裡。

　　對於窮困的樵夫來說，斧頭是非常重要的東西，如果沒有了斧頭，就無法砍柴；如果不能砍柴，米、菜什麼都不能買，他因為太過擔心年邁的母親，便哇哇大哭了起來。

二

　　這時，荷花池中冒出一位有著白鬍鬚的山神。山神問樵夫為了什麼事情而哭泣，樵夫哽咽地回答道，因為他的斧頭掉進了荷花池裡，如果沒有斧頭的話，母親就會挨餓。山神聽完樵夫的話後，就消失在荷花池中，過了一會，山神又再次出現，手上拿著一把閃閃發亮的金斧頭，問樵夫：

　　「樵夫啊，這把金斧頭是不是你的？」

　　樵夫連忙擺手說不是，於是山神又再一次消失在荷花池中。過了不久重新出現的山神手上拿著一把銀斧頭，問這把斧頭是不是樵夫的，但是樵夫還是匆忙搖頭否認。山神似乎不太能理解似地搖了搖頭，又消失在荷花

산신령은 다시 이 은도끼가 나무꾼의 도끼냐고 물었지만 이번에도 나무꾼은 **고개를 절레절레** 저으며 아니라고 대답했습니다. 산신령은 고개를 **갸웃거리며** 다시 연못 속으로 사라졌습니다. 그리고 산신령은 **낡은** 쇠도끼를 들고 나타났습니다. 쇠도끼를 보자마자 나무꾼의 얼굴이 **활짝** 펴졌습니다. 나무꾼은 **큰절을 올리며** 감사의 인사를 했습니다. 산신령은 **허허** 웃으며 착한 나무꾼에게 쇠도끼는 물론 금도끼와 은도끼까지 주었습니다. 나무꾼은 다시 한번 산신령에게 큰절을 했고 산신령은 연못 속으로 사라졌습니다.

다

집에 돌아온 나무꾼은 금도끼와 은도끼를 비싼 값에 팔아서 동네에서 **제일가는** 부자가 되었습니다. 마을 사람들은 부자가 된 나무꾼을 축하해 주었습니다. 그러나 나무꾼을 **질투하는** 사람이 한 명 있었는데 바로 이웃 마을에 사는 게으른 나무꾼이었습니다.

게으른 나무꾼은 금도끼와 은도끼를 갖고 싶었습니다. 그래서 착한 나무꾼을 찾아가 어떻게 부자가 되었는지 물어보았습니다. 그리고 쇠도끼 한 **자루**를 들고 그 연못을 찾아 산으로 갔습니다. 연못가에 도착한 게으른 나무꾼은 쇠도끼를 연못에 **휙 던졌습니다.** 그리고 나무 그늘에 누워 산신령이 나오기를 **기다렸습니다.** 잠시 후 정말로 산신령이 나타났습니다.

"나무꾼아, 이 금도끼가 네 도끼냐?"

"네, 그건 제 도끼예요, 그런데 제 은도끼는 못 보셨나요?"

"너는 정말 욕심이 많구나!"

라

산신령이 게으른 나무꾼의 머리를 '**딱**' 하고 세게 때렸습니다. 산신령은 금도끼와 은도끼는 물론 게으른 나무꾼의 쇠도끼마저 돌려주지 않고, 연못 속으로 사라져 버렸습니다. 게으른 나무꾼은 **털썩** 주저앉으며 잘못했다고 **용서를 빌었지만** 산신령은 두 번 다시 나타나지 않았습니다. 욕심을 부리다가 자기의 도끼마저 잃어버린 것입니다.

池中，接著，祂拿著老舊腐朽的斧頭出現了。樵夫一看到鐵斧頭，臉上就瞬間出現了安心的表情，樵夫向山神行了跪拜禮，以表達自己的感謝之意。山神呵呵一笑，不但把鐵斧頭還給了心地善良的樵夫，還將金斧頭和銀斧頭都送給了他。樵夫再次向山神行跪拜禮後，山神便消失在荷花池了。

三

　　回到家後，樵夫以昂貴的價格把金斧頭和銀斧頭賣掉，成了村子裡最有錢的人，村裡的人都來祝賀成為富人的樵夫。但其中有一個嫉妒樵夫的人，那就是住在鄰村的懶惰鬼樵夫。

　　懶惰鬼樵夫也想得到金斧頭和銀斧頭，所以跑去找善良的樵夫，問他怎麼樣才能成為有錢人。然後，他帶著一把鐵斧頭，上山去找那個荷花池。一到池邊，懶惰鬼樵夫就把斧頭直接丟進池子裡面，接著躺在樹蔭底下等待山神出現。過了一會，山神真的出現了。

　　「樵夫啊，這把金斧頭是你的嗎？」

　　「是的，這是我的斧頭。還有，您沒看見我的銀斧頭嗎？」

　　「你真的是太貪心了！」

四

　　山神很用力地「砰」的一聲，敲了懶惰鬼樵夫的頭。山神不但沒有把金銀斧頭給懶惰鬼樵夫，連他的鐵斧頭也沒還給他，就消失在荷花池邊。懶惰鬼樵夫頹然地坐在地上，承認自己錯了，並請求原諒，但山神沒有出現。他因為太過攤心，連自己的斧頭也失去了。

1 善良的樵夫弄丟斧頭後為什麼哭了？

2 善良的樵夫是如何致富的？

3 與《金斧頭與銀斧頭》內容相同的請打○，不同的請打×。

① 착한 나무꾼은 연못에 도끼를 던졌습니다. ( )
② 산신령이 착한 나무꾼에게 도끼 세 개를 모두 주었습니다. ( )
③ 착한 나무꾼은 금도끼와 은도끼를 게으른 나무꾼에게 주었습니다. ( )
④ 게으른 나무꾼은 금도끼가 자기 것이 아니라고 했습니다. ( )
⑤ 산신령은 게으른 나무꾼의 쇠도끼마저 가져갔습니다. ( )

4 在空格中填入符合句意的單字。

번쩍번쩍	엉엉	털썩	절레절레

(1) 늙으신 어머니 걱정에 (　　　　　) 울고 말았습니다.

(2) 그의 손에는 (　　　　　) 빛나는 금도끼가 있었습니다.

(3) 나무꾼은 고개를 (　　　　　) 저으며 아니라고 대답했습니다.

(4) 나무꾼은 (　　　　　) 주저앉으며 잘못했다고 용서를 빌었습니다.

5 請摘要《金斧頭與銀斧頭》的內容。

가
_____
_____
_____

나
_____
_____
_____

다
_____
_____
_____

라
_____
_____
_____

어휘

나무꾼	樵夫	**갸웃거리다**	搖頭晃腦
도끼질	用斧頭砍	**활짝**	敞開
줄줄	不斷	**허허**	呵呵（狀聲詞）
풍덩	噗通（狀聲詞）	**질투하다**	嫉妒
빠뜨리다	掉進	**자루**	～把、～支
엉엉	哇哇大哭	**휙**	忽的一下子
번쩍번쩍	一閃一閃的	**딱**	砰
고개	脖子、頭部	**털썩**	癱倒
절레절레	晃來晃去、搖動	**용서를 빌다**	請求原諒

❶ 까지

包含前述內容，再附加更多東西，或表達比該內容更極端的狀況時（可用於正面或負面情況）所使用。

> 예문 쇠도끼는 물론 금도끼와 은도끼까지 주었습니다.

(1) 기침이 너무 심한데 _____ 아파서 정말 힘들어요.

(2) 우리 반 반장은 노래를 잘하는데 _____ 잘 춰서 인기가 많아요.

(3) 눈이 많이 왔는데 _____ 불어서 날씨가 너무 추워요.

(4) 은수 씨는 이번 수료식 때 우등상을 받았을 뿐만 아니라 _____ 받았습니다.

❷ 마저

包含前面的內容，再附加更多東西，或突顯最後剩下一個時（多用於負面情況）所使用。

> 예문 금도끼와 은도끼는 물론 게으른 나무꾼의 쇠도끼마저 돌려주지 않았습니다.

(1) 어떻게 _____ 내 말을 안 믿을 수 있을까?

(2) 이번 시험에 합격하기 위해서 술은 물론 _____ 끊었습니다.

(3) 사업 실패로 공장을 잃었는데 _____ 다른 사람에게 넘어갔어요.

(4) 그 사람은 고집이 너무 세서 친구는 물론이고 _____ 설득할 수 없다고 해요.

❸ 의성어

模仿聲音的用語。

풍덩	털썩	엉엉	호호	허허	딱	응애

(1) 아이들이 연못에 돌을 던지자 _____하고 소리가 났다.

(2) 할아버지께서 _____ 웃으시며 용돈을 주셨다.

(3) 나무 위에서 호두 하나가 내 머리로 _____ 떨어졌다.

(4) 미나 씨는 시험에 떨어졌다는 소식을 듣고 그 자리에 _____ 앉아 버렸다.

❹ 의태어

模仿型態的用語。

절레절레	살랑살랑	줄줄	활짝	펄쩍	휙	쑥

(1) 며칠 동안 너무 무리했는지 코피가 _____ 흘렀다.

(2) 아기에게 선물을 주었는데 마음에 안 들었는지 고개를 _____ 흔들었습니다.

(3) 무언가 내 옆으로 _____ 지나갔는데 너무 빨라서 보지 못했다.

(4) 따뜻한 봄이 오니까 산과 들에 꽃들이 _____ 피었습니다.

상황에 맞는 대화 만들기 創作符合情境的對話

● 下列畫中的人物正在進行什麼樣的對話呢？請試著寫寫看。

나무꾼 _____

_____

어머니 _____

_____

산신령 _____

_____

나무꾼 _____

_____

산신령 _____

_____

나무꾼 _____

_____

산신령 _____

_____

나무꾼 _____

_____

산신령 _____
_____

나무꾼 _____
_____

산신령 _____
_____

게으른 나무꾼 _____
_____

산신령 _____
_____

게으른 나무꾼 _____
_____

● 根據故事進行角色扮演並演出話劇

演出人員

나무꾼 : _____ 어머니 : _____

산신령 : _____ 게으른 나무꾼 : _____

1   게으른 나무꾼이 정직하게 말을 했다면 어떻게 되었을까요?
　　如果懶惰的樵夫據實以告，會怎麼樣？

　　_____

　　_____

　　_____

　　_____

　　_____

2   여러분이 나무꾼이라면 산신령이 금도끼를 들고 나타났을 때, 어떻게 했을까요?
　　如果你是樵夫，當山神拿著金斧頭出現時，你會怎麼做呢？

　　_____

　　_____

　　_____

　　_____

　　_____

3   만약 이렇게 산신령이 나타나는 연못이 있다면 여러분은 어떻게 하시겠습니까?
　　如果有這樣一座會出現山神的池塘，大家會怎麼做呢？

　　_____

　　_____

　　_____

　　_____

　　_____

1 다음은 <금도끼 은도끼>에서 배운 어휘들입니다. 알고 있는 어휘에 ✔ 해 보세요.

☐ 나무꾼	☐ 번쩍번쩍	☐ 질투하다
☐ 도끼질	☐ 고개	☐ 휙
☐ 줄줄	☐ 절레절레	☐ 자루
☐ 풍덩	☐ 갸웃거리다	☐ 딱
☐ 신나다	☐ 활짝	☐ 털썩
☐ 엉엉	☐ 허허	☐ 용서를 빌다

2 다음 문장의 (   ) 안에 들어갈 어휘를 알고 있는지 ✔ 하고 써 보세요.

☐ 그 유치원 선생님은 아이들을 매우 세심하게 (   ).

☐ 친구와 공놀이를 하다가 공을 호수에 (   )고 말았다.

☐ 하루 종일 아무것도 먹지 못하고 (   ).

☐ 그 사람에게 돈을 주었지만, 그는 손을 휘휘 (   )(으)며 받지 않았다.

☐ 이사 갈 때 오래되어서 (   )(으)ㄴ 물건들을 모두 버렸다.

☐ 설날에 어른들께 (   )(으)면 세뱃돈을 주십니다.

☐ 민수 씨는 우리 학교에서 (   )는 우등생이다.

☐ 쓰레기를 아무 데나 (   )아/어서 버리면 안 됩니다.

☐ 그 아이는 경찰에게 길을 잃어버렸다고 (   ) 말했다.

3 다음 표 안의 문장을 읽고 할 수 있는 정도에 따라 상·중·하에 ✔ 해 보세요.

<금도끼 은도끼>의 줄거리를 말할 수 있다.	상	중	하
<금도끼 은도끼>에서 배운 문법을 사용하여 말할 수 있다.	상	중	하
<금도끼 은도끼>를 통해 한국 문화를 이해하는 데 도움이 되었다.	상	중	하

p.121

1. ① - ⑤ - ③ - ⑦ - ④ - ⑥ - ② - ⑧

這是什麼意思？

照顧｜那所幼稚園的老師很細心地照顧孩子們。

使掉入｜和朋友玩球玩到一半，不小心讓球掉進湖裡了。

肚子餓｜一整天都沒能吃東西，所以肚子很餓。

哭｜那個孩子哭著和警察說他迷路了。

搖｜想給那個人錢，但是對方揮揮手表示不收。

舊｜搬家時把用了很久的舊東西都丟了。

拜年｜新年和長輩拜年，就會得到壓歲錢。

最棒的｜民秀是我們學校最厲害的優秀學生。

丟｜不能隨便丟垃圾。

p.126

1. 늙으신 어머니 걱정 때문에. 因為擔心年邁的母親。

2. 산신령에게 받은 금도끼와 은도끼를 비싼 값에 팔아서. 將山神贈予的金斧頭和銀斧頭高價出售。

3. ×①善良的樵夫把斧頭丟進池塘裡。

　　○②山神將三把斧頭都給了善良的樵夫。

　　×③善良的樵夫把金斧頭和銀斧頭都給了懶惰的樵夫。

　　×④懶惰的樵夫說金斧頭不是自己的。

　　○⑤山神連懶惰樵夫的鐵斧頭都拿走了。

4. (1)因為擔心年邁的母親而（嗚嗚地엉엉）哭了起來。

　　(2)他手裡有一把（閃閃번쩍번쩍）發光的金斧頭。

　　(3)樵夫（搖搖頭절레절레），回答說不是。

　　(4)樵夫（癱坐털썩）在地上請求寬恕說自己錯了。

p.128

句型和表達方式

①까지

例 除了鐵斧頭，還給了金斧頭和銀斧頭。

(1)咳嗽太嚴重，連頭都很痛머리까지，真的很不舒服。

(2)我們班的班長很會唱歌，連舞춤까지都跳得很好，所以很受歡迎。

(3)雪下得很大，還颱風바람까지，實在太冷了。

(4)恩秀在這次結業式上不僅獲得了優等獎，還拿到了獎學金장학금까지。

②마저

例 不僅是金斧頭和銀斧頭，就連懶惰樵夫的鐵斧頭也沒有歸還。

(1)怎麼<u>連家人가족마저</u>都不相信我的話？

(2)為了通過這次考試，我戒了酒，<u>還戒了菸담배마저</u>。

(3)因為生意失敗失去了工廠，<u>連房子집마저</u>也賣給別人了。

(4)那個人太固執了，別說朋友，<u>連另一半애인마저</u>都說服不了。

③擬聲語

撲通	啪嗒	嗚嗚	呼呼	呵呵	啪	哇哇

(1)孩子們往池塘裡扔石頭，發出<u>噗通풍덩</u>的聲響。

(2) 爺爺<u>呵呵地허허</u>笑著給了零用錢。

(3) 一顆核桃<u>啪地딱</u>從樹上掉到我頭上。

(4) 美娜聽到考試落榜的消息後，<u>啪嗒털썩</u>跌坐在位置上。

④擬態語

搖搖頭	涼颼颼	不斷	大大敞開	突然	迅速地	直直地

(1)不知是不是這幾天太累了，鼻血<u>直줄줄</u>流。

(2)送禮物給孩子，可能他不喜歡，所以<u>搖了搖절레절레</u>頭。

(3)有東西從我身邊<u>閃휙</u>過，但是太快了，我沒看清楚。

(4)溫暖的春天來了，山上野花<u>盛활짝</u>開。

p.133

課後複習

☐那所幼稚園的老師很細心地（照顧보살피다）孩子們。

☐和朋友玩球玩到一半，不小心讓球（掉進빠뜨리다）湖裡了。

☐一整天都沒能吃東西，所以肚子很（餓굶다）。

☐想給那個人錢，但是對方（揮揮手젓다）表示不收。

☐搬家時把用了很久的（舊낡다）東西都丟了。

☐過年和長輩（拜年절을 올리다），就會得到壓歲錢。

☐民秀是我們學校（最厲害的제일가다）優秀學生。

☐不能隨便（丟던지다）垃圾。

☐那個孩子（哭著울먹이다）和警察說他迷路了。

노래 불러 봐요~

동물 농장

전석환 요
로드바기스 곡

닭 장 속 에 는 암 탉 이 (꼬꼬댁) 문 간 옆 에 는 거 위 가 (꽥꽥)
깊 은 산 속 엔 뻐 꾸 기 (뻐꾹뻐꾹) 높 은 하 늘 엔 종 달 새 (홀르르)

배 나 무 밑 엔 염 소 가 (매애~) 외 양 간 에 는 송 아 지 (음메~)
부 뚜 막 위 엔 고 양 이 (야옹) 마 루 밑 에 는 강 아 지 (멍멍)

닭 장 속 에 는 암 탉 들 - 이 문 간 옆 에 는 거 위 들 - 이
깊 은 산 속 엔 뻐 꾸 기 - 가 높 은 하 늘 엔 종 달 새 - 가

배 나 무 밑 엔 염 소 들 - 이 외 양 간 에 는 송 아 지 -
부 뚜 막 위 엔 고 양 이 - 가 마 루 밑 에 는 강 아 지 -

오 히 야 하 - 오 - - - 오 오 -
오 히 야 하 - 오 - - - 오 오 -

오 히 야 하 - 오 - - - 오 -
오 히 야 하 - 오 - - - 오 -

8과

해님 달님

여러분 나라에서 사람이 해, 달, 별이 된 이야기가 있습니까?

여러분 나라의 이야기 속에 등장하는 호랑이의 특징은 어떻습니까?

여러분은 생활하면서 어떤 문제가 있을 때 어떻게 해결합니까?

太陽和月亮

大家的國家有人類變成太陽、月亮或星星的傳說故事嗎？

大家的國家傳統故事中登場的老虎有什麼特徵？

大家在生活中遇到問題時都是如何解決的呢？

● 看以下的插圖，你覺得是什麼樣的故事內容呢？請試著說說看。

상상하며 듣기 想像並聆聽

1　邊看圖片邊聽CD，按故事順序寫下圖片的編號。　MP3 36

2　請把故事按照正確順序重新排列後並說出來。

3　再聽一遍，寫下陌生的單字。

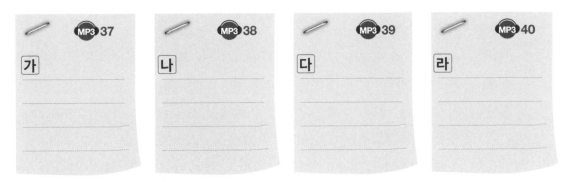

| MP3 37 | MP3 38 | MP3 39 | MP3 40 |
| 가 | 나 | 다 | 라 |

這是什麼意思？

도망	남의 물건을 가지고 **도망**가는 도둑을 경찰이 잡았습니다.
목이 쉬다	어제 노래방에서 노래를 너무 많이 불러서 **목이 쉬어** 버렸어요.
거칠다	피부가 **거칠어져서** 마사지를 받았더니 아기 피부처럼 부드러워졌어요.
의심	누가 이런 일을 했는지, **의심**이 되는 사람의 이름을 모두 말해 봐라.
샅샅이	목걸이가 안 보여서 내 방 안의 책상, 옷장, 서랍 등을 **샅샅이** 찾아보았지만 결국 못 찾았다.
바르다	피부가 타지 않도록 선크림을 얼굴과 팔에 골고루 **바른** 후에 수영을 했다.
미끄러지다	눈이 올 때는 **미끄러지지** 않도록 조심해서 걸어야 합니다.
썩다	자주 이를 닦지 않고 잤더니 이가 **썩어서** 너무 아파요.
눈부시다	햇빛이 너무 강해서 **눈(이) 부시네요**. 선글라스를 껴야겠어요.

해님 달님

가

옛날 어느 **산골**에 어머니와 어린 **남매**가 가난하게 살고 있었습니다. 어머니는 어린 남매를 키우기 위해 매일 멀리 있는 시장에 나가서 **떡**을 팔았습니다. 오늘도 어머니는 떡을 팔러 나가며 아이들에게 말했습니다.

"얘들아, 무서운 호랑이가 나타날 수도 있으니까 문을 꼭 닫고 있어야 한다."

날이 어두워지자 어머니는 집으로 돌아가기 위해 산길을 부지런히 걸었습니다. 첫째 고개를 넘을 때 갑자기 커다란 호랑이가 나타났습니다.

"어흥! 떡 하나 주면 안 잡아먹지."

어머니는 호랑이에게 팔고 남은 떡을 하나 던져 주고 얼른 **도망**쳤습니다. 둘째 고개를 넘을 때 호랑이가 또 나타났습니다. 어머니는 얼른 떡을 던져 주고 다시 도망쳤습니다. 그러나 셋째, 넷째, 다섯째 고개에서도 호랑이는 계속 나타났습니다. 마지막 고개를 넘을 때 호랑이가 또 나타났는데 떡 **바구니**에는 떡이 하나도 남지 않았습니다. 어머니는 집에 아이들이 기다리고 있으니까 **제발 살려** 달라고 했지만 호랑이는 어머니를 잡아먹고 말았습니다.

나

호랑이는 아직도 **배가 부르지** 않았습니다. 그래서 호랑이는 어머니의 옷을 입고 아이들이 있는 집으로 갔습니다.

"얘들아, 엄마 왔다. 문 열어라!"

동생은 엄마가 온 줄 알고 문을 열려고 했지만 오빠는 엄마의 목소리가 이상해서 문을 열어 주지 않았습니다. 호랑이가 목이 쉬어서 그렇다고 하자 아이들은 손을 보여 달라고 했습니다. 호랑이는 손을 보여 주었습니다. 아이들은 엄마의 손이 **이상하다고** 말했습니다. 그러자 호랑이는 일을 너무 많이 해서 손이 **거칠어졌다고** 말했습니다. 아이들은 계속 **의심**을 했습니다.

太陽和月亮

一

　　很久很久以前，在一個山谷裡，有一個媽媽和年幼的兄妹過著窮困的生活，媽媽為了扶養兄妹倆，每天都到離家很遠的市場去賣年糕。今天媽媽出門去賣年糕前，對孩子們說：「孩子們，可怕的老虎有可能會出現，一定要把門關好。」

　　天色越來越暗，媽媽為了回家，快步走著山路。越過第一個山陵時，突然出現了一隻體型龐大的老虎。

　　「吼～給我一塊年糕，我就不吃你！」

　　媽媽丟給老虎一塊賣剩的年糕後，就趕緊逃跑了。越過第二個山陵時，老虎再次出現，媽媽又趕快丟了一塊年糕給牠，再次逃走。但是，經過第三個、第四個、第五個山陵時，老虎依然出現。越過最後一個山陵時，裝年糕的籃子已經一個都不剩了。媽媽雖然向老虎求饒，說家中的孩子還在等著自己，但老虎還是把媽媽給吃掉了。

二

　　不過老虎還是沒有吃飽，所以老虎穿上了媽媽的衣服，去到孩子們所在的家。

　　「孩子們，媽媽回來了，開門吧！」

　　妹妹以為媽媽回來了，想把門打開，但是哥哥卻覺得媽媽的聲音有些奇怪，就沒有將門打開，老虎辯解說是因為嗓子沙啞了，所以聲音才會變成這樣。孩子們又要求老虎把手伸出來讓他們看一看，老虎就把自己的手給牠們看，孩子們說媽媽的手太奇怪了，於是老虎回答說是因為做了太多事情，手才會變得那麼粗糙，但是孩子們還是非常懷疑。

"이것 봐라. 엄마 옷이잖아. 엄마 옷도 못 알아보니?"

그러자 아이들은 안심하고 문을 열어 주었습니다.

"얘들아 배고프지? 엄마가 맛있는 밥해 줄게."라고 말하며 호랑이는 부엌으로 갔습니다. 그런데 치마 사이로 호랑이의 꼬리가 보였습니다.

다

아이들은 너무 놀라서 얼른 **마당**에 있는 **우물** 옆 나무 위로 올라갔습니다. 호랑이가 방 안으로 들어와 보니 아이들이 보이지 않았습니다. 호랑이는 집안 곳곳을 **샅샅이** 찾았습니다. 호랑이가 우물 안을 들여다보니 아이들의 모습이 보였습니다. 호랑이는 아이들이 우물에 있는 줄 알고 우물 안으로 들어가려고 하였습니다. 그 모습을 보고 동생이 웃음을 터뜨렸습니다. 호랑이는 나무 위로 올라가려고 하였습니다. 그 때 오빠는 "나무에 잘 올라오려면 손에 **기름**을 바르고 올라와." 하고 말했습니다. 호랑이는 손에 기름을 **바르고** 나무 위에 올라가려고 했지만 계속 **미끄러지기만** 할 뿐이었습니다. 그 모습을 본 동생이 "바보야, 도끼로 **찍으면서** 올라오면 되잖아." 하고 말했습니다. 호랑이는 도끼로 찍으며 한발 한발 나무 위로 올라갔습니다.

오누이는 나무 **꼭대기**까지 올라갔지만 더 이상 갈 곳이 없었습니다. 그래서 하느님께 밧줄을 내려 달라고 기도했습니다. 그렇게 했더니 정말로 하늘에서 **굵은** 밧줄이 내려왔고 남매는 그 밧줄을 타고 하늘로 올라갔습니다. 나무 위로 올라온 호랑이도 남매처럼 기도를 했습니다. 이번에도 하늘에서 밧줄이 내려왔습니다. 호랑이도 밧줄을 타고 올라가는데 그 밧줄은 썩은 밧줄이어서 그만 **뚝 끊어졌습니다.** 호랑이는 **수수밭**으로 떨어져 죽었습니다. 이때부터 수숫대는 호랑이 피 때문에 붉은색이 되었습니다.

라

하늘로 올라간 오누이는 세상을 밝게 **비추는** 해와 달이 되었습니다. 오빠는 해가 되고 동생은 달이 되었는데 동생이 밤을 무서워해서 오빠와 자리를 바꾸었습니다. 동생은 사람들이 자기 얼굴을 **쳐다보는** 것이 부끄러워서 아무도 보지 **못하도록 눈부신** 빛을 내었습니다. 그래서 해는 달보다 더 빛난답니다.

「你們看看，這不是媽媽的衣服嗎？你們連媽媽的衣服都認不出來嗎？」
於是孩子們就安心地把門打開了。

「孩子啊，餓了吧？媽媽做好吃的飯菜給你們吃。」老虎說完，就進了廚房，但是老虎尾巴在裙子中間露了出來。

孩子們大吃一驚，連忙爬到院子裡水井旁的樹上。老虎進到房間一看，沒看到孩子們的蹤影，於是在家裡各處仔細尋找，最後在水井裡看到了孩子們的蹤影，於是以為孩子們在水中，就想進到水井裡去。看到這個情景的妹妹忍不住大笑，讓老虎發現了，於是老虎就要爬到樹上去。這時，哥哥對老虎說：「想要爬上來的話，要先在手上抹點油啊！」於是老虎就在手上抹了點油，爬上樹時卻只是一直滑來滑去而已。看到這情景的妹妹便說道：「你真是個傻瓜啊，用斧頭砍出缺口，一步步爬上來不就行了？」老虎開始用斧頭在樹上看出缺口，一步一步爬上樹了。

這對兄妹也爬上樹的頂端，已經沒有地方去了，所以他們想上天祈求，希望能降下一條繩子，結果真的降下了一條粗繩，兄妹兩人便攀著這條繩子上了天。爬到樹上的老虎也像兄妹一樣祈禱，於是天上也降下一條繩子，老虎也攀上繩子準備上去，但那條繩子其實是一條腐壞的繩子，於是就這樣突然斷了，老虎跌進高粱田，摔死了。從此以後，高粱稈因為老虎的血，變成了紅色。

四

上天後的兄妹變成照耀世界的太陽與月亮。原本哥哥變成太陽、妹妹變成月亮，但是因為妹妹害怕夜晚，於是和哥哥交換了位置。但妹妹對於人們都看著自己的臉孔感到很害羞，就發出了讓任何人都沒辦法直視的耀眼光芒，所以太陽比月亮還要亮。

1 老虎對媽媽說了什麼？

2 孩子們怎麼知道老虎不是媽媽？

3 高粱田裡的高粱為什麼變成紅色？

4 下列何者符合《太陽與月亮》的內容？

① 호랑이는 어머니를 보자마자 잡아먹었다.

② 아이들은 엄마 옷을 본 후 안심하고 문을 열었다.

③ 호랑이는 우물에 비친 모습을 보고 우물 안으로 들어갔다.

④ 아이들은 참기름을 손에 바르고 나무 위로 오르려고 했다.

5 在空格中填入符合句意的單字。

거칠어졌다고	비추는	샅샅이	쉬어서

(1) 호랑이가 목이 (　　　　　　) 그렇다고 하자 아이들은 손을 보여 달라고 했습니다.

(2) 호랑이는 일을 너무 많이 해서 손이 (　　　　　　) 말했습니다.

(3) 호랑이는 집 안 곳곳을 (　　　　　　) 찾았습니다.

(4) 오누이는 세상을 밝게 (　　　　　　) 해와 달이 되었습니다.

6　請摘要《太陽與月亮》的內容。

가

_____

_____

_____

나

_____

_____

_____

다

_____

_____

_____

라

_____

_____

_____

어휘

산골	山村	**찍다**	砍
남매	兄妹、姐弟	**오누이**	兄妹
떡	年糕	**꼭대기**	頂端
바구니	籃子	**굵다**	粗的
제발	拜託、請託	**수수**	高粱
살리다	饒命	**비추다**	照耀
마당	庭院、院子	**쳐다보다**	盯著看
우물	井		

문형과 표현 익히기 句型和表達方式

❶ -자

前面的狀況成為後面的原因或動機。

> **예문** 날이 <u>어두워지자</u> 어머니는 집으로 돌아가기 위해 산길을 부지런히 걸었습니다.

(1) 갑자기 비가 _____ 사람들은 뛰기 시작했다.

(2) 선생님이 피아노를 _____ 아이들은 노래를 불렀다.

(3) 어머니는 아들의 합격 소식을 _____ 매우 기뻐서 눈물을 흘리셨다.

(4) 어둡고 답답한 동굴 속에서 며칠이 _____ 밖으로 나가고 싶었습니다.

❷ -아/어/여 보니

嘗試或經歷某種行為後領悟到新的事實。

> **예문** 호랑이가 방 안으로 <u>들어와 보니</u> 아이들이 보이지 않았습니다.

(1) 불고기가 맛있다고 해서 _____ 정말 맛있네요.

(2) 김치 만들기가 어려울 줄 알았는데 _____ 쉽고 재미있었어요.

(3) 기타를 _____ 별로 어렵지 않았어요.

(4) 그 사람을 처음 만났을 때는 별로였는데, 여러 번 _____ 괜찮았어요.

③ -았/었/였더니

過去的事實或情況成為導致後句的原因或理由時。

> **예문** 기도했더니 정말로 하늘에서 굵은 밧줄이 내려왔습니다.

(1) 선생님이 말씀하신 방법대로 _____ 정말 시험에 합격했다.

(2) 창문을 열어 놓고 잠을 _____ 감기에 걸렸다.

(3) 옷을 세탁기로 _____ 줄어들어서 못 입게 되었다.

(4) 호랑이가 어머니 옷을 _____ 아이들이 문을 열어 주었다.

④ -도록

表達前面的動作是後句的目標、方法或程度等。與「-게」相似，但是表達時間的限制時只能使用「-도록」。

> **예문** 동생은 아무도 보지 못하도록 눈부신 빛을 내었습니다.

(1) 꽃이 잘 _____ 매일 물을 주었습니다.

(2) 밤이 _____ 기다렸지만 오지 않았습니다.

(3) 일찍 _____ 하세요. 내일 첫 비행기를 타야 하니까요.

(4) 음식이 _____ 냉장고에 넣어 두었습니다.

● 下列畫中的人物正在進行什麼樣的對話呢？請試著寫寫看。

어머니 _____

_____

남매 _____

_____

호랑이 _____

_____

어머니 _____

_____

호랑이 _____

_____

어머니 _____

_____

호랑이 _____

_____

남매 _____

_____

호랑이 _____

_____

오빠 _____

_____

여동생 _____

_____

호랑이 _____

_____

남매 _____

_____

_____

_____

● 根據故事進行角色扮演並演出話劇

演出人員

어머니 : _____ 오빠 : _____

여동생 : _____ 호랑이 : _____

1 호랑이는 왜 처음부터 어머니를 잡아먹지 않았을까요?
  老虎為什麼沒有一開始就吃掉媽媽？

_____

_____

_____

_____

_____

2 만약에 어머니의 바구니에 떡이 많이 있었다면 어떻게 되었을까요?
  如果媽媽的籃子裡有很多年糕會怎麼樣呢？

_____

_____

_____

_____

_____

3 호랑이가 튼튼한 밧줄을 잡고 하늘로 올라갔다면 어떻게 되었을까요?
  如果老虎抓住粗繩爬上天堂會怎麼樣呢？

_____

_____

_____

_____

_____

1 다음은 <해님 달님>에서 배운 어휘들입니다. 알고 있는 어휘에 ✔ 해 보세요.

☐ 산골 ☐ 살리다 ☐ 꼭대기
☐ 남매 ☐ 마당 ☐ 굵다
☐ 떡 ☐ 우물 ☐ 수수
☐ 바구니 ☐ 찍다 ☐ 비추다
☐ 제발 ☐ 오누이 ☐ 쳐다보다

2 다음 문장의 ( ) 안에 들어갈 어휘를 알고 있는지 ✔ 하고 써 보세요.

☐ 남의 물건을 가지고 ( )가는 도둑을 경찰이 잡았습니다.
☐ 어제 노래방에서 노래를 너무 많이 불러서 목이 ( )아/어 버렸어요.
☐ 피부가 ( )아/어서 마사지를 받았더니 아기 피부처럼 부드러워졌어요.
☐ 누가 이런 일을 했는지, ( )이/가 되는 사람의 이름을 모두 말해 봐라.
☐ 목걸이가 안 보여서 내 방 안의 책상, 옷장, 서랍 등을 ( ) 찾아보았지만 결국 못 찾았다.
☐ 피부가 타지 않도록 선크림을 얼굴과 팔에 골고루 ( )(으)ㄴ 후에 수영을 했다.
☐ 눈이 올 때는 ( )지 않도록 조심해서 걸어야 합니다.
☐ 자주 이를 닦지 않고 잤더니 이가 ( )아/어서 너무 아파요.
☐ 햇빛이 너무 강해서 눈이 ( ). 선글라스를 껴야겠어요.

3 다음 표 안의 문장을 읽고 할 수 있는 정도에 따라 상·중·하에 ✔ 해 보세요.

<해님 달님>의 줄거리를 말할 수 있다.	상 중 하
<해님 달님>에서 배운 문법을 사용하여 말할 수 있다.	상 중 하
<해님 달님>을 통해 한국 문화를 이해하는 데 도움이 되었다.	상 중 하

p.139

1. ① - ③ - ⑤ - ⑥ - ⑦ - ② - ④ - ⑧

這是什麼意思？

逃跑｜警察抓住了偷拿別人東西後逃跑的小偷。

嗓子啞了｜昨天在KTV唱了太多歌，所以嗓子啞掉了。

粗糙｜因為皮膚變粗糙，所以去按摩，結果皮膚又變得像嬰兒一樣柔軟。

懷疑｜到底是誰做了這種事，把所有可疑者的名字都說出來吧。

仔仔細細｜因為項鍊不見了，所以我仔細找了房間的桌子、衣櫃、抽屜等，最後還是沒有找到。

塗抹｜為了不曬傷皮膚，在臉部和手臂上均勻抹上防曬乳後再游泳。

滑倒｜下雪時走路要小心，不要滑倒了。

腐爛｜因為常常不刷牙就睡覺，牙齒腐爛了，所以很痛。

刺眼｜陽光太強太刺眼了，我必須戴墨鏡。

p.144

1. 떡 하나 주면 안 잡아먹지. 只要給牠一塊年糕就不會被吃掉。

2. 치마 사이로 나온 호랑이의 꼬리를 보고. 看到從裙子中間露出的老虎尾巴。

3. 호랑이의 피 때문에. 因為老虎的血。

4. ①老虎一看到媽媽就抓來吃。

   ②孩子們看到媽媽的衣服後安心地開門。

   ③老虎看到井裡映照的樣子就鑽進了井裡。

   ④孩子們打算在手上抹上香油後爬上樹。

5. (1)老虎說是因為嗓子（啞了쉬어서），孩子們就要求看牠的手。

   (2) 老虎說因為做太多工作，手（變粗糙了거칠어졌다고）。

   (3) 老虎在屋子裡（仔細샅샅이）尋找。

   (4) 兄妹成為（照比추는）亮世界的太陽和月亮。

p.146

句型和表達方式

①-자

例 天黑了，母親為了趕回家，辛苦地走山路。

(1)突然下起오자雨來，人們開始奔跑。

(2)老師彈起치자鋼琴，孩子們開始唱歌。

(3)母親聽到듣자兒子合格的消息非常高興，流下了眼淚。

(4)在陰暗沉悶的洞穴裡過了지나자幾天就想出去。

②-아/어/여 보니

例 老虎進屋一看，發現孩子們不見了。

(1)聽說烤肉很好吃，實際去吃먹어 보니發現真的是很美味。

(2)原本以為辛奇很難做，但是製作起來만들어 보니卻簡單又有趣。

(3)彈了쳐 보니吉他發現並不難。

(4)初次見到那個人時覺得他不怎麼樣，但是多見만나 보니幾次面之後覺得他還不錯。

③-았/었/였더니

例 祈禱後，真的有一根粗繩從天而降。

(1)按照老師說的方法學習공부했더니，考試就合格了。

(2)開著窗戶睡覺잤더니，結果感冒了。

(3)用洗衣機洗衣服빨았더니，結果衣服縮水，沒辦法穿了。

(4)老虎給孩子們看了보여 주었더니母親的衣服，孩子們就開門了。

④-도록

例 妹妹為了不被任何人看見，所以發出耀眼的光芒。

(1)為了讓花長出來자라도록，每天都會澆水。

(2)熬夜새도록等待，對方卻沒來。

(3)早點睡吧자도록，明天要坐第一班飛機。

(4)為了不讓食物變質상하지 않도록，所以放在冰箱裡。

p.151

課後複習

☐警察抓住了偷拿別人東西後（逃跑도망）的小偷。

☐昨天在KTV唱了太多歌，所以（嗓子啞掉목이 쉬다）了。

☐因為皮膚變（粗糙거칠다），所以去按摩，結果皮膚又變得像嬰兒一樣柔軟。

☐到底是誰做了那種事，把所有可（疑의심）者的名字都說出來吧。

☐因為項鍊不見了，所以（仔細샅샅이）找了房間得桌子、衣櫃、抽屜等，最後還是沒有找到。

☐為了不曬傷皮膚，在臉部和手臂上均勻（抹上바르다）防曬乳後再游泳。

☐下雪時要小心走路，不要（滑倒미끄러지다）了。

☐因為常常不刷牙就睡覺，牙齒（腐爛썩다）了，所以很痛。

☐陽光太強太（刺眼눈부시다）了，我必須戴墨鏡。

퀴즈? 퀴즈!

귀한 자식 ☐☐☐☐ 한 대 더 주고

미운 자식 ☐☐☐☐ 하나 더 준다.

意思是子女越寶貴越要用棍子打孩子，並好好教育孩子。

스무고개

게임 방법

❶ 교사는 명사로 된 단어 하나를 생각합니다. (**예** 딸기)

老師想一個名詞。(例如：草莓)

❷ 학생들은 교사에게 질문합니다.

學生向老師提問。

❸ 교사는 반드시 '네', '아니요'로만 대답할 수 있습니다.

老師只能以「是」或「不是」回答。

> **예** **❶** 학생: 교실에 있습니까?
> 　　 교사: 아니요.
> **❷** 학생: 먹을 수 있습니까?
> 　　 교사: 네.
> **❸** 학생: 과일입니까?
> 　　 교사: 네.
> 　　 ⋮

이렇게 스무 번까지 학생은 질문해서 교사가 생각한 단어를 알아맞힙니다.

像這樣，學生提問20次後，猜出老師想到的單字。

 퀴즈퀴즈 解答 매 / 돌

선녀와 나무꾼

여러분의 소원은 무엇입니까?

어려움에 처한 사람은 왜 도와주어야 합니까?

여러분은 약속을 지키지 않은 적이 있습니까?

仙女和樵夫

大家的心願是什麼呢？
為什麼應該幫助有困難的人？
大家曾經失約過嗎？

● 看以下的插圖，你覺得是什麼樣的故事內容呢？請試著說說看。

상상하며 듣기 想像並聆聽

1 邊看圖片邊聽CD，按故事順序寫下圖片的編號。 **MP3 41**

2 請把故事按照正確順序重新排列後並說出來。

3 再聽一遍，寫下陌生的單字。

가 **MP3 42**

나 **MP3 43**

다 **MP3 44**

라 **MP3 45**

這是什麼意思？

쫓기다	쥐가 고양이에게 **쫓기고** 있다.
불쌍하다	추워서 떨고 있는 새끼 강아지가 **불쌍해서** 집으로 데려왔다.
두리번거리다	밖에 무슨 소리가 나서 문을 열고 **두리번거렸지만** 아무도 없었다.
은혜를 갚다	열심히 공부하는 것이 부모님의 **은혜를 갚는** 일입니다.
숨기다	동생이 혼자 먹으려고 **숨긴** 과자가 옷장 안에 있었다.
그리워하다	제니 씨는 매일 사진을 보며 고향에 있는 가족을 **그리워합니다**.
마음먹다	나는 시험에 꼭 합격하겠다고 **마음(을) 먹은** 이후로 수업에 한 번도 결석하지 않았다.
흘리다	텔레비전을 보면서 음료수를 마시다가 옷에 **흘렸다**.

선녀와 나무꾼

가

옛날 어느 마을에 마음씨는 착하지만 집안이 가난해서 장가를 못 간 **노총각** 나무꾼이 홀어머니와 함께 살고 있었습니다.

어느 날 숲 속에서 나무를 하고 있는데 **사냥꾼**한테 **쫓기고** 있는 **사슴** 한 마리가 나무꾼이 있는 곳으로 뛰어왔습니다. 나무꾼은 **떨고** 있는 **불쌍한** 사슴을 구해 주고 싶었습니다. 그래서 나무 뒤에 사슴을 **숨겨** 주고는 아무 일도 없었다는 듯이 계속해서 나무를 하기 시작했습니다. **곧이어** 뒤따라온 사냥꾼이 나무꾼에게 이 근처에서 사슴을 봤냐고 물었습니다. 나무꾼은 사슴을 본 적이 없다고 말했습니다. 사냥꾼은 **두리번거리다가** 오던 길로 다시 돌아갔습니다.

나

나무꾼 덕분에 **목숨**을 구한 사슴은 나무꾼에게 **은혜를 갚고** 싶었습니다. 그래서 나무꾼에게 소원이 무엇인지 물었습니다. 아직 결혼을 못한 노총각 나무꾼은 착하고 예쁜 여자와 결혼해서 귀여운 아이들과 함께 행복하게 살고 싶다고 했습니다. 사슴은 한쪽 방향을 가리키며 말했습니다.

"저쪽으로 **쭉** 가시면 **선녀**들이 목욕하는 곳이 있는데 선녀들이 목욕을 할 때 **날개옷** 한 벌을 **숨기세요**. 그러면 하늘로 올라가지 못한 선녀가 있을 거예요. 그 선녀와 결혼하세요. 하지만 아이 셋을 **낳을** 때까지 절대로 날개옷을 보여 주면 안 돼요."

나무꾼은 사슴이 말해 준 곳으로 가서 선녀들이 오기를 기다렸습니다. 밤이 되자 정말로 하늘에서 선녀들이 내려와서 목욕을 하기 시작했습니다. 나무꾼은 사슴의 말대로 날개옷 한 벌을 숨겼습니다. 목욕을 끝낸 선녀들이 하나 둘 날개옷을 입고 하늘로 올라갔는데 한 선녀만 옷을 찾지 못해 울고 있었습니다. 나무꾼은 그 선녀를 데리고 집으로 와서 **혼례**를 올렸습니다.

仙女和樵夫

一

　　很久很久以前，在某一個村子裡，有一位心地非常善良、但因為家境貧寒無法娶妻的老單身漢樵夫。他和他的寡母住在一起。

　　有一天，他正在森林裡砍柴，有一隻被獵人追趕的鹿跑到了樵夫所在的地方，樵夫希望能夠拯救在發抖的可憐小鹿，於是他讓小鹿藏在樹後，然後裝作沒有這回事地繼續砍柴。緊接著，跟隨小鹿來的獵人問樵夫是否有在附近看見鹿，樵夫回答說自己沒看到，獵人四處張望，就順著來的路回去了。

二

　　託樵夫的福，撿回一條命的鹿希望能夠向樵夫報恩，所以他問了樵夫的願望是什麼，沒能結婚的老單身漢樵夫回答，他希望能和心地善良又美麗的女人結婚，並和可愛的孩子們一起生活。鹿聽完，指著一個方向，說道：

　　「你沿著那邊一直走，有一個仙女們沐浴的地方，你趁著仙女們沐浴時，把其中一件羽衣藏起來，如此一來，就會有一位無法回到天上的仙女，你就和那位仙女結婚吧！但是你要記住，在她生下三個孩子之前，絕對不能讓她看到自己那件有翅膀的衣服。」

　　樵夫去了鹿所說的地方等候仙女們的到來，到了晚上，仙女們真的從天上下來，開始沐浴。樵夫按照鹿的說法，藏起一件仙女的衣服。沐浴完的仙女各自穿上自己的衣服，回到了天上，只有一位仙女因為找不到衣服而哭泣著，樵夫便把那位女子帶回家，並與她舉行了婚禮。

다

몇 년이 지난 후 나무꾼 부부에게 두 아이가 생겼습니다. 나무꾼은 자식이 생겨서 매우 행복했지만 선녀는 가끔 하늘나라를 **그리워했습니다.** 선녀는 나무꾼에게 날 개옷을 **한 번만이라도** 보고 싶다고 했습니다. 나무꾼은 사슴이 한 말이 생각이 났지 만 선녀에게 미안해서 날개옷을 딱 한 번만 보여 주기로 **마음을 먹었습니다.** 나무꾼 이 날개옷을 보여 주자마자 선녀는 무척 반가워하며 그 옷을 입었습니다. 그리고 두 아이를 양 팔에 안고 하늘로 올라갔습니다. 나무꾼은 아이 셋을 낳기 전에 날개옷을 주면 절대로 안 된다는 사슴의 말을 그때야 **깨닫고** 매우 슬퍼했습니다. 울고 있는 나무꾼에게 사슴이 찾아와서 말했습니다.

"보름**달이 뜨는** 밤에 선녀들이 목욕하던 연못에 가면 하늘에서 **두레박**이 내려와 요. 그것을 타면 하늘에 올라갈 수 있어요."

나무꾼은 사슴이 말한 **대로** 보름달이 뜨는 밤에 두레박이 내려오기를 기다렸다가 두레박을 타고 하늘나라로 올라갔습니다. 하늘나라로 올라간 나무꾼은 선녀와 아이 들을 만나서 매우 기뻤습니다.

라

나무꾼은 고향에 혼자 계신 어머니가 걱정이 되었습니다. 하늘나라의 **임금**님은 나무꾼에게 날개 달린 말 한 필을 주며 말의 등에서 내려오면 안 된다고 했습니다.

땅으로 내려간 나무꾼은 어머니를 찾아갔습니다. 어머니는 나무꾼이 너무 반가워 서 **죽**이라도 한 그릇 먹고 가라고 했습니다. 나무꾼은 말에서 내리면 안 되기 때문 에, 말 위에 앉아 뜨거운 죽을 먹다가 말 등에 죽을 **흘렸습니다.** 말은 깜짝 놀라서 펄 쩍 뛰었고 나무꾼은 말 등에서 떨어지고 말았습니다. 그 사이에 말은 하늘로 올라갔 습니다. 나무꾼은 그날 이후로 매일 하늘만 보고 울었습니다. 결국 나무꾼은 죽어서 **수탉**이 되었는데 그때부터 수탉은 아침마다 **지붕** 위에서 하늘을 보며 울게 되었다 고 합니다.

三

　　經過了幾年，樵夫夫妻生了兩個孩子。樵夫雖然因為有了孩子非常幸福，但是仙女偶爾會想念天國，她對樵夫說，希望能至少看一眼自己那件羽衣。樵夫想起了鹿所說的話，但因為覺得自己對不起仙女，下定決心讓仙女看看衣服。樵夫一拿出衣服，仙女便非常高興，直接穿上了衣服，然後用兩手抱著兩個孩子飛到天上了。這時樵夫才領悟鹿曾經說過的在生下三個孩子之前不能給仙女衣服的話，樵夫非常悲傷，於是鹿找到了正在哭泣著的樵夫，對他說：

　　「在十五號滿月升起的晚上，你到仙女們曾經沐浴過的荷花池去，會有吊桶垂下來，你坐著那個吊桶，就可以上天國了。」

　　樵夫按照鹿所說的話，在十五號升起月亮的夜晚等待水桶落下，並乘坐著木桶上了天國。上到天國的樵夫因為和仙女與孩子們相見，非常高興。

四

　　樵夫因為擔心單獨留在故鄉的母親，於是天國的國王給樵夫帶來了一匹有雙翅膀的馬，並提醒他絕對不可以從馬背上下來。

　　下到地面上的樵夫去看望母親，母親見到樵夫非常開心，要他至少吃一碗粥再走，由於樵夫無法從馬上下來，只好坐在馬背上喝熱粥。但是他不小心把粥灑到了馬背上，馬受到了驚嚇，跳了起來，樵夫因此從馬背上摔了下來，這時，馬獨自飛上了天空。從那天開始，樵夫每天只望著天空哭泣，結果死後變成了公雞，從此以後，公雞每天早上都會站在屋頂上對著天空啼叫。

1 樵夫為何對獵人說謊？

2 樵夫的心願是什麼？

3 樵夫為什麼從馬上摔下來了？

4 下列何者符合《仙女與樵夫》的內容？

① 사냥꾼은 나무꾼을 도와주었다.
② 선녀는 날개옷을 입고 혼례를 올렸다.
③ 선녀와 나무꾼 부부는 세 아이를 낳았다.
④ 나무꾼은 수탉이 되어 지금도 하늘을 보며 운다.

5 在空格中填入符合句意的單字。

지붕	쫓기고	은혜	깨닫고

(1) 사냥꾼한테 (　　　　　　) 있는 사슴 한 마리가 나무꾼이 있는 곳으로 뛰어왔습니다.

(2) 사슴은 나무꾼에게 (　　　　　　)을/를 갚고 싶었습니다.

(3) 사슴의 말을 그때야 (　　　　　　) 매우 슬퍼했습니다.

(4) 지금도 아침마다 (　　　　　　) 위에서 하늘을 보며 운답니다.

6 請摘要《仙女與樵夫》的內容。

가 _____

_____

_____

나 _____

_____

_____

다 _____

_____

_____

라 _____

_____

_____

어휘

노총각	過了適婚期的單身男子	**낳다**	生（孩子）、放下
떨다	發抖	**혼례**	婚禮、結婚式
사냥꾼	獵人	**깨닫다**	醒悟
사슴	鹿	**달이 뜨다**	月亮升起
곧이어	緊跟著	**두레박**	吊桶
목숨	性命	**임금**	國王
쭉	一直	**죽**	粥
선녀	仙女	**수탉**	公雞
날개옷	羽衣、有翅膀的衣服	**지붕**	屋頂

❶ -(으)ㄴ/는/(으)ㄹ 듯

猜測、推測或比喻某個事件或狀態時。

> **예문** 아무 일도 없었다는 듯이 계속해서 나무를 하기 시작했습니다.

(1) 집 안이 조용한 것을 보니 아무도 _____.

(2) 신희 씨가 지금 기분이 _____하니까, 나중에 기분이 좋아지면 이야기하세요.

(3) 친한 친구가 합격했다는 소식에 마치 자기가 시험에 _____ 기뻐했다.

(4) 영수는 전화를 받고, 무슨 일이 _____ 급하게 밖으로 뛰어나갔다.

❷ -던

回想並訴說過去的情況，或該情況未完成時。

> **예문** 사냥꾼은 두리번거리다가 오던 길로 다시 돌아갔습니다.

(1) _____ 숙제를 끝낸 후에 나가서 놀아라.

(2) 어릴 때 같이 _____ 친구가 보고 싶습니다.

(3) 언니가 _____ 옷을 지금 내가 입고 있다.

(4) 이 커피는 누가 _____ 커피인지 아세요?

❸ (이)라도

不慎滿意但還是選擇該選項時。

> **예문** 선녀는 나무꾼에게 날개옷을 <u>한 번만이라도</u> 보고 싶다고 했습니다.

(1) 해외여행은 못 가지만 ＿＿＿＿＿＿＿＿＿＿ 가고 싶어요.

(2) 비행기 좌석이 없으니까 ＿＿＿＿＿＿＿＿＿＿ 타고 갑시다.

(3) 시간이 좀 있는데 영화관에 가서 ＿＿＿＿＿＿＿＿＿＿ 한 편 볼까요?

(4) 어머니는 나무꾼이 너무 반가워서 ＿＿＿＿＿＿＿＿＿＿ 한 그릇 먹고 가라고 했습니다.

❹ -(으)ㄴ/는 대로

延續先前的動作或狀態。

> **예문** 나무꾼은 사슴이 <u>말한 대로</u> 보름달이 뜨는 밤에 두레박이 내려오기를 기다렸습니다.

(1) 존 씨가 길을 잘 아니까, 존 씨가 ＿＿＿＿＿＿＿＿＿＿ 따라가세요.

(2) 계획을 ＿＿＿＿＿＿＿＿＿＿ 일이 잘 되고 있으니까 걱정하지 마세요.

(3) 모른다고 하지 말고 ＿＿＿＿＿＿＿＿＿＿ 솔직하게 말해 보세요.

(4) 요리책에 ＿＿＿＿＿＿＿＿＿＿ 따라 했는데 정말 맛있었어요.

● 下列畫中的人物正在進行什麼樣的對話呢？請試著寫寫看。

사냥꾼 _____

_____

나무꾼 _____

_____

사슴 _____

_____

나무꾼 _____

_____

사슴 _____

_____

나무꾼 _____

_____

선녀 _____

_____

나무꾼 _____

선녀 _____

나무꾼 _____

사슴 _____

나무꾼 _____

임금님 _____

● 根據故事進行角色扮演並演出話劇

演出人員

사슴 : _____ 선녀 : _____

나무꾼 : _____ 임금님 : _____

사냥꾼 : _____

1 사슴은 왜 아이 셋을 나을 때까지 날개옷을 보여 주지 말라고 했을까요?
鹿為什麼說在生三個孩子前不要讓仙女看羽衣？

_____

_____

_____

_____

_____

2 나무꾼이 말에서 떨어지지 않았다면 어떻게 되었을까요?
樵夫如果沒從馬上摔落會怎麼樣？

_____

_____

_____

_____

_____

3 말에서 떨어진 나무꾼을 사슴은 왜 도와주지 않았을까요?
鹿為什麼沒有幫助摔下馬的樵夫？

_____

_____

_____

_____

_____

1 다음은 <선녀와 나무꾼>에서 배운 어휘들입니다. 알고 있는 어휘에 ✔ 해 보세요.

☐ 노총각   ☐ 쭉   ☐ 달이 뜨다
☐ 사냥꾼   ☐ 선녀   ☐ 두레박
☐ 떨다   ☐ 날개옷   ☐ 임금
☐ 사슴   ☐ 낳다   ☐ 죽
☐ 곧이어   ☐ 혼례   ☐ 수탉
☐ 목숨   ☐ 깨닫다   ☐ 지붕

2 다음 문장의 (   ) 안에 들어갈 어휘를 알고 있는지 ✔ 하고 써 보세요.

☐ 쥐가 고양이에게 (　　　　　)고 있다.

☐ 추위에 떨고 있는 새끼 강아지가 (　　　　　)아/어서 집으로 데려왔다.

☐ 밖에 무슨 소리가 나서 문을 열고 (　　　　　)았/었지만 아무도 없었다.

☐ 열심히 공부하는 것이 부모님의 (　　　　　)을/를 갚는 일입니다.

☐ 동생이 혼자 먹으려고 (　　　　　)(으)ㄴ 과자가 옷장 안에 있었다.

☐ 제니 씨는 매일 사진을 보며 고향에 있는 가족을 (　　　　　).

☐ 나는 시험에 꼭 합격하겠다고 (　　　　　)(으)ㄴ 이후로 수업에 한 번도 결석하지
　　않았다.

☐ 텔레비전을 보면서 음료수를 마시다가 옷에 (　　　　　).

3 다음 표 안의 문장을 읽고 할 수 있는 정도에 따라 상·중·하에 ✔ 해 보세요.

<선녀와 나무꾼>의 줄거리를 말할 수 있다.	상	중	하
<선녀와 나무꾼>에서 배운 문법을 사용하여 말할 수 있다.	상	중	하
<선녀와 나무꾼>을 통해 한국 문화를 이해하는 데 도움이 되었다.	상	중	하

p.157

1. ① - ④ - ③ - ② - ⑤ - ⑦ - ⑥ - ⑧

這是什麼意思？

追趕｜老鼠被貓追趕。

可憐｜這隻凍得發抖的小狗好可憐，所以我把牠帶回家。

環顧四周｜外面傳來一些聲響，我打開門四處看看，但是沒有人。

報答恩惠｜認真學習才能報答父母的恩惠。

躲藏｜弟弟為了能一個人獨享，所以把餅乾藏在衣櫃。

思念｜珍妮每天看著照片，思念在故鄉的親人。

下定決心｜我下定決心考試一定要合格後，就再也沒有缺過課。

灑｜一邊看電視一邊喝飲料，結果把飲料灑在衣服上了。

p.162

1. 불쌍한 사슴을 구해 주고 싶어서. 想救可憐的鹿。

2. 착하고 예쁜 여자와 결혼해서 귀여운 아이들과 함께 행 복하게 사는 것.

和善良漂亮的女人結婚，與可愛的孩子們一起幸福地生活。

3. 말 등에 앉아 뜨거운 죽을 먹다가 죽을 말 등에 흘려서.坐在馬背上喝熱粥時，粥撒在馬背上。

4. ①獵人幫助了樵夫。

②仙女穿著羽衣舉行婚禮。

③仙女和樵夫夫婦生了三個孩子。

④樵夫變成了公雞，現在也看著天空哭泣。

5. (1)一隻被獵人（追趕쫓기고）的鹿跑到了樵夫所在的地方。

(2) 鹿想報答樵夫的（恩惠은혜）。

(3) 這時才（明白깨닫고）鹿的話，並且非常傷心。

(4) 現在每天早上都在（屋頂지붕）上看著天空哭泣。

p.164

句型和表達方式

①-(으)ㄴ/는/(으)ㄹ 듯

例 就像什麼事都沒發生一樣，開始繼續砍樹。

(1)屋子裡靜悄悄地，似乎沒有人없는 듯합니다。

(2)信熙現在心情似乎不好안 좋은 듯，等之後她心情好再說吧。

(3)聽到好朋友合格的消息後，高興得像是自己通過了考試一樣합격한 듯。

(4)瑛珠接到電話後，像是發生什麼事似的생긴 듯急忙往外跑。

②-던
例 獵人東看看西看看後又回到了原來的路。
(1)做完하던功課再出去玩吧。
(2)想見小時候一起玩的놀던朋友。
(3)姊姊穿過的입던衣服現在是我在穿。
(4)知道這是誰喝過的마시던咖啡嗎？

③(이)라도
例 仙女對樵夫說，哪怕只有一次，還是想看看羽衣。
(1)雖然無法出國旅行，國內旅行국내여행이라도也好。
(2)因為沒有飛機座位，坐船／火車去吧배／기차라도。
(3)有時間的話，去電影院看場電影영화라도如何？
(4)母親看到樵夫太開心了，就要他至少喝碗粥죽이라도再走。

④-(으)ㄴ/는 대로
例 樵夫依照鹿所說，在滿月升起的夜晚等待水桶掉下來。
(1)約翰先生對路很熟，請約翰先生走가는 대로。
(2)工作按照計劃한 대로/세운 대로進展順利，請勿擔心。
(3)不要說不知道，知道什麼아는 대로就實話實說。
(4)按照烹飪書上寫的做쓰여 있는 대로，真的很好吃。

p.169
課後複習
□老鼠被貓 (追趕쫓기다)。
□這隻凍得發抖的小狗 (好可憐불쌍하다)，所以我把牠帶回家。
□外面傳來一些聲響，我打開門 (四處看看두리번거리다)，但是沒有人。
□努力學習才能 (報答父母的恩惠은혜를 갚다)。
□弟弟為了能一個人獨享，所以把餅乾 (藏숨기다) 在衣櫃。
□珍妮每天看著照片，(思念그리워하다) 在故鄉的親人。
□我 (下定決心마음먹다) 考試一定要合格後，就再也沒有缺過課。
□一邊看電視一邊喝飲料，結果把飲料 (灑흘리다) 在衣服上了。

퀴즈? 퀴즈!

옷이 ☐☐☐ (이)다.

人要衣裝，佛要金裝的意思。

가로 · 세로 퍼즐

< 가로 문제 >

❶ 남자가 결혼하는 것.

❷ 동서남북, 사슴은 한쪽 ○○을 가리키며 말했습니다.

❸ 선녀는 두레박을 타고 ○○○○로 올라갔습니다.

❹ ○○을 구한 사슴은 은혜를 갚고 싶었습니다.

❺ 동물을 잡는 직업을 가진 사람

< 세로 문제 >

❶ 집에 돈이 별로 없어서 생활이 힘듦. ○○하다

❷ 아침마다 지붕에서 우는 동물

❸ 태어나서 살던 곳

❹ 선녀와 ○○○

❺ 하늘에서 선녀가 내려와 연못에서 ○○을 했습니다.

〈가로〉 ①장가 ②방향 ③하늘나라 ④목숨 ⑤사냥꾼 〈세로〉 ①가난 ②수탉 ③고향 ④나무꾼 ⑤목욕

퀴즈퀴즈 解答 날개

콩쥐 팥쥐

여러분은 누구를 질투한 적이 있습니까?

여러분 나라의 동화에서 새어머니는 어떤 사람입니까?

여러분은 '어머니'라고 하면 어떤 단어가 떠오릅니까?

豆姑娘紅豆女

大家曾經嫉妒過別人嗎？

在大家國家的童話裡，繼母被描述成什麼樣的人？

大家一提到「媽媽」會想到那些單字呢？

● 看以下的插圖，你覺得是什麼樣的故事內容呢？請試著說說看。

1 邊看圖片邊聽CD，按故事順序寫下圖片的編號。 **MP3** 46

| 1 | → | → | → | → | → | → | 8 |

2 請把故事按照正確順序重新排列後並說出來。

3 再聽一遍，寫下陌生的單字。

| 가 **MP3** 47 | 나 **MP3** 48 | 다 **MP3** 49 | 라 **MP3** 50 |

這是什麼意思？

병을 앓다	영호 씨는 아주 건강해 보이지만 어렸을 때는 자주 **병을 앓았다**.
밭을 갈다	옛날에는 소로 **밭을 갈았지만**, 요즘은 기계로 하니까 편리합니다.
부러지다	계단을 내려가다가 넘어져서 다리가 **부러졌다**.
야단맞다	저번에도 숙제를 안 해서 선생님께 **야단맞았는데** 오늘도 숙제를 안 했다.
가득	냉장고에 음식이 **가득** 있어서 더 이상 넣을 수 없다.
채우다	언니는 쇼핑을 좋아해서 옷장을 옷과 가방들로 **채웠다**.
뚫리다	옷 주머니에 구멍이 **뚫려서** 안에 있던 동전을 모두 잃어버렸다.
마주치다	옛날에 사귀었던 남자 친구를 길에서 우연히 **마주쳤지만** 그냥 지나갔다.

콩쥐 팥쥐

가

옛날에 어느 마을에 마음씨 착한 부부가 살았습니다. 하지만 그 부부는 자식이 없는 것이 큰 걱정이었습니다. 그래서 부부는 아이를 낳게 해 달라고 매일 기도했습니다. 그러던 어느 날 예쁜 여자아이를 낳았는데 이름을 '콩쥐'라고 지었습니다. 그러나 콩쥐 어머니는 콩쥐를 낳고 **병을 앓다**가 **영영 눈을 감고** 말았습니다.

콩쥐가 자라서 열 살이 넘었을 때 새어머니가 들어왔습니다. 새어머니는 얼굴은 예뻤지만 마음씨가 매우 나빴습니다. 아버지 앞에서는 콩쥐를 <u>귀여워하는 척하다</u>가도 아버지가 밖에 나가시면 미워하고 때리며 힘든 일만 **골라** 시켰습니다.

새어머니에게는 팥쥐라는 딸이 있었는데 어머니를 닮아서 마음씨가 아주 고약했습니다. 팥쥐는 자주 거짓말로 콩쥐를 **괴롭혔습니다**. 그러면 새어머니는 팥쥐의 말만 듣고 콩쥐를 마구 때렸습니다. 콩쥐는 돌아가신 어머니 생각에 **자꾸** 눈물이 났습니다.

나

하루는 새어머니가 콩쥐에게 나무로 만든 **호미**로 돌**밭을 갈라고** 했습니다. 그러나 나무 호미는 밭을 얼마 갈지 않았는데도 뚝 **부러지고** 말았습니다. 콩쥐는 새어머니에게 **야단맞을** 생각을 하니 눈물이 났습니다. 그때 검은 **황소** 한 마리가 나타나서 콩쥐를 도와서 밭을 모두 갈아 주었습니다.

또 어느 날은 새어머니가 팥쥐를 데리고 나가면서 콩쥐에게 **항아리에** 물을 가득 **채워** 놓으라고 했습니다. 콩쥐는 열심히 **물을 길어**다가 부었는데도 항아리는 채워지지 않았습니다. 이상해서 항아리 안을 **들여다보니 바닥**에 조그만 **구멍이 뚫려** 있었습니다. 그때 **커다란 두꺼비** 한 마리가 나타나서 구멍을 막아 주었습니다. 두꺼비의 도움으로 콩쥐는 물을 가득 채울 수 있었습니다.

豆姑娘紅豆女

一

很久很久以前，在一個村莊裡住著一對心地善良的夫婦。對這對夫妻而言，膝下沒有子女是最令他們煩惱的，所以這對夫婦每天祈禱，祈求上天能讓他們擁有孩子。後來，他們終於產下一個漂亮的女孩，他們把她取名為「小豆鼠」。好景不常，小豆鼠的母親在生下小豆鼠後得了病，沒多久後就永遠地闔上眼睛了。

小豆鼠慢慢長大，過了十歲之後，父親娶了後母。後母雖然很美麗，心腸卻很壞，在父親面前假裝疼愛小豆鼠，在父親外出後常常仇視、毆打她，還專挑心苦的活讓她做。

後母還有個叫做紅豆鼠的女兒，性格就向後母一樣惡劣。紅豆鼠經常說謊、欺負小豆鼠，後母也只相信紅豆鼠的話，責打小豆鼠。小豆鼠常常想起自己的母親就掉淚。

二

有一天，後母使喚小豆鼠，讓她用木頭做的鋤頭犁小石子田，但是木鋤頭犁田沒多久就壞了。小豆鼠想到自己又會被後母責罵，就留下了眼淚，這時，一頭黑色的牤牛突然出現，幫助了小豆鼠，把田給犁好了。

又有一天，後母帶著紅豆鼠外出，出門之前，她叫小豆鼠把缸子裝滿水，小豆鼠努力地打水再倒進缸子裡，但卻始終灌不滿，小豆鼠覺得奇怪，於是仔細觀察，才發現原來缸底被鑽了一個小洞。這時，一隻大蟾蜍突然出現，堵住那個洞，多虧蟾蜍的幫助，小豆鼠終於能將水缸填滿水。

다

　어느 따뜻한 봄날 콩쥐의 외가에 **잔치**가 있었습니다. 새어머니는 팥쥐만 데리고 나가면서 콩쥐에게 **벼를 찧고, 베를 짠** 뒤에 오라고 했습니다. 이 일은 한 달도 더 걸리는 일이라서 콩쥐는 한숨만 나왔습니다. 그때 많은 참새들이 날아와 벼를 금방 찧어 놓고는 날아갔습니다. 그리고 선녀가 나타나서 베를 짜 주고, 비단옷 한 벌과 예쁜 꽃신 한 켤레도 주었습니다.

　"콩쥐야, 너의 마음이 착해서 주는 것이니 이 옷을 입고 잔치에 다녀와라."

　콩쥐는 외가로 가는 길에 마을의 **원님 행차**와 **마주쳤습니다.** **당황한** 콩쥐는 길을 피하다가 신발 한 짝을 잃어버렸습니다. 그래서 콩쥐는 한 짝만 <u>신은</u> 채로 외가에 갔습니다.

라

　"여봐라, 저 신발의 주인을 찾아 와라!"

　관원들은 꽃신의 주인을 찾으러 다니다가 콩쥐의 외가에까지 왔습니다.

　"꽃신의 주인을 찾습니다. 이 꽃신의 주인은 나오십시오!"

　그러나 아무도 나오는 사람이 없었습니다. 콩쥐의 새어머니는 상이라도 <u>받을까 싶어서</u> 자기 신이라고 하며 꽃신을 신으려고 했습니다. 그런데 새어머니의 발은 너무 커서 신을 수가 없었습니다.

　그때 한 관원이 꽃신 한 짝만 신고 있는 콩쥐를 발견했습니다. 관원은 콩쥐를 데리고 관가로 갔습니다. 콩쥐를 본 원님은 너무 기뻤습니다. 그 뒤 콩쥐는 원님과 결혼해서 행복하게 살았습니다.

三

　　某一個溫暖的春日，小豆鼠的外婆家舉行宴席，後母只帶著紅豆鼠去，讓小豆鼠碾完稻子、織完布以後再去。可是要做完這些事情，至少得花一個月以上的時間，所以小豆鼠只能唉聲嘆氣。這時，有許多的麻雀飛來，把稻子碾完就飛走了；仙女也突然出現，幫小豆鼠把布織好，並送給小豆鼠一件綢緞衣服和一雙漂亮的繡花鞋。

　　「小豆鼠，因為妳的心地很善良，所以把這送給妳。趕快穿上去參加宴席吧！」

　　小豆鼠在去外婆家的路上，遇見了鄉里的邑官出行，慌張的小豆鼠在避開的時候，不小心遺失了一隻鞋子，小豆鼠只好只穿一隻鞋去外婆家。

四

　　「來人啊，把那隻鞋子的主人找出來！」

　　官員們到處尋找繡花鞋的主人，後來來到了小豆鼠的外婆家。

　　「我們來找繡花鞋的主人，請這隻繡花鞋的主人出來。」但是沒有任何人走出來。小豆鼠的後母心想可能會得到獎賞，於是就站出來說是自己的繡花鞋，並想穿上它，但是後母的腳太大了，沒辦法穿上。

　　這時，有一位官員發現了只穿著一隻繡花鞋的小豆鼠，就把她帶到衙門去。邑官看見小豆鼠非常高興，後來，小豆鼠與邑官結了婚，過著幸福快樂的生活。

1 繼母是什麼樣的人？

2 豆姑娘很認真地打水把甕填滿，為什麼甕裡的水填不滿？

3 仙女給豆姑娘什麼東西？

4 與《豆姑娘紅豆女》內容相同的請打○，不同的請打×

① 콩쥐 어머니는 콩쥐가 열 살이 넘었을 때 돌아가셨습니다.　　　　　(　)

② 새어머니는 팥쥐라는 딸을 데리고 왔습니다.　　　　　　　　　　(　)

③ 황소 한 마리가 콩쥐를 도와서 밭을 모두 갈아 주었습니다.　　　　(　)

④ 콩쥐는 일을 다 못해서 외가에 가지 못했습니다.　　　　　　　　(　)

⑤ 콩쥐는 원님 행차를 피하려다가 신발 한 짝을 잃어버렸습니다.　　(　)

5 在空格中填入符合句意的單字。

야단맞을	앓다가	괴롭혔습니다	찧고

(1) 콩쥐 어머니는 병을 (　　　) 영영 눈을 감고 말았습니다.

(2) 팥쥐는 자주 거짓말로 콩쥐를 (　　　).

(3) 콩쥐는 새어머니에게 (　　　) 생각을 하니 눈물이 났습니다.

(4) 콩쥐에게 벼를 (　　　) 베를 다 짠 뒤에 오라고 했습니다.

6 請摘要《豆姑娘紅豆女》的內容。

가 _____

_____

_____

나 _____

_____

_____

다 _____

_____

_____

라 _____

_____

_____

어휘

영영	永遠地、永久地	**바닥**	底部、地面
눈을 감다	閉上眼、瞑目	**구멍**	洞、孔、穴
고르다	挑選	**커다랗다**	巨大
괴롭히다	折磨、欺負	**두꺼비**	蟾蜍
자꾸	經常	**잔치**	筵席、宴會
호미	鋤頭、鍬	**벼를 찧다**	碾稻穀
황소	黃牛	**베를 짜다**	織布
항아리	缸子	**원님 행차**	邑官出行
물을 긷다	打水、汲水	**관원**	官員、官吏
들여다보다	仔細看		

문형과 표현 익히기 句型和表達方式

❶ -(으)ㄴ/는 척하다

「裝作～」，以謊言將某種狀態包裝得有模有樣。

> **예문** 아버지 앞에서는 콩쥐를 <u>귀여워하는 척했습니다</u>.

(1) 미나 씨는 공주병이에요. 항상 _____ 합니다.

(2) 동생은 학교에 가기 싫어서 배가 _____ 해요.

(3) 먹기 싫은 약이라서 약을 _____ 엄마 몰래 약을 버렸어요.

(4) 저는 무슨 뜻인지 잘 몰랐지만 _____ 고개를 끄덕였어요.

❷ -(으)ㄴ/는데도

表達後面的動作或狀態與前面的狀況無關，仍舊發生。

> **예문** 열심히 물을 길어다가 <u>부었는데도</u> 항아리는 채워지지 않았습니다.

(1) 이 문법을 세 번이나 _____ 기억이 잘 안 나요.

(2) 그렇게 _____ 살이 찌지 않는 시엔 씨가 정말 부러워요.

(3) 어제 잠을 많이 _____ 수업 시간에 계속 졸려요.

(4) 큰 소리로 "영호 씨!" 하고 _____ 돌아보지 않고 그냥 가 버렸어요.

❸ -(으)ㄴ 채로

表達做了某種行為後的狀態依然持續。

> **예문** 콩쥐는 한 짝만 <u>신은 채로</u> 외가에 갔습니다.

(1) 너무 피곤해서 옷을 _____ 잠이 들었어요.

(2) 한국에서는 모자를 _____ 인사를 하면 안 됩니다.

(3) "쿵" 하는 소리에 깜짝 놀라서 입을 _____ 그대로 서 있었습니다.

(4) 미국에서는 신발을 _____ 집에 들어갔었는데 한국에서는 신발을 벗고 들어가야 합니다.

❹ -(으)ㄹ까

和看、想、做、思考、煩惱、擔心等一起使用，用來表達說話者的想法和推測。

> **예문** 새어머니는 상이라도 <u>받을까</u> 싶어서 꽃신을 신으려고 했습니다.

(1) 길이 미끄러워서 운전을 _____ 말까 고민이에요.

(2) 제주도가 아름답다고 하니까 이번 여름휴가는 제주도로 _____ 해요.

(3) 내일 소풍을 가는데 비가 _____ 걱정이에요.

(4) 지금 시간이 5시인데, 이미 수업이 _____ 싶어요.

● 下列畫中的人物正在進行什麼樣的對話呢？請試著寫寫看。

콩쥐 아빠 _____

_____

콩쥐 엄마 _____

_____

새어머니 _____

_____

콩쥐 _____

_____

선녀 _____

_____

콩쥐 _____

_____

관원 _____

_____

새어머니 _____

_____

새어머니 _____

_____

관원 _____

_____

관원 _____

_____

콩쥐 _____

_____

● 根據故事進行角色扮演並演出話劇

演出人員

콩쥐 엄마 : _____   콩쥐 아빠 : _____   새어머니 : _____

콩쥐 : _____   팥쥐 : _____   두꺼비 : _____

선녀 : _____   원님 : _____   관원 : _____

1 콩쥐의 어머니가 돌아가시지 않았다면 콩쥐는 어떻게 되었을까요?
如果豆姑娘的媽媽沒有去世，豆姑娘會怎麼樣呢？

_____

_____

_____

_____

_____

2 콩쥐 아버지가 구박을 받는 콩쥐의 상황을 알았을까요? 알았다면 어떻게 되었을까요?
豆姑娘的爸爸知道豆姑娘被欺負嗎？如果知道會怎麼樣呢？

_____

_____

_____

_____

_____

3 여러분이 콩쥐라면 어떻게 했을까요?
如果你是豆姑娘，你會怎麼做呢？

_____

_____

_____

_____

_____

1 다음은 <콩쥐 팥쥐>에서 배운 어휘들입니다. 알고 있는 어휘에 ✔ 해 보세요.

☐ 영영	☐ 항아리	☐ 두꺼비
☐ 눈을 감다	☐ 물을 긷다	☐ 잔치
☐ 고르다	☐ 들여다보다	☐ 벼를 찧다
☐ 괴롭히다	☐ 바닥	☐ 베를 짜다
☐ 자꾸	☐ 구멍	☐ 원님 행차
☐ 호미	☐ 커다랗다	☐ 관원

2 다음 문장의 ( ) 안에 들어갈 어휘를 알고 있는지 ✔ 하고 써 보세요.

☐ 영호 씨는 아주 건강해 보이지만, 어렸을 때는 자주 ( ).

☐ 옛날에는 소로 밭을 ( )지만, 요즘은 기계로 하니까 편리합니다.

☐ 계단을 내려가다가 넘어져서 다리가 ( ).

☐ 저번에도 숙제를 안 해서 선생님께 ( )는데 오늘도 숙제를 안 했다.

☐ 냉장고에 음식이 ( ) 있어서 더 이상 넣을 수 없다.

☐ 언니는 쇼핑을 좋아해서 옷장을 옷과 가방들로 ( ).

☐ 옷 주머니에 구멍이 ( ) 안에 있던 동전을 모두 잃어버렸다.

☐ 옛날에 사귀었던 남자 친구를 길에서 우연히 ( )지만 그냥 지나갔다.

3 다음 표 안의 문장을 읽고 할 수 있는 정도에 따라 상·중·하에 ✔ 해 보세요.

<콩쥐 팥쥐>의 줄거리를 말할 수 있다.	상	중	하
<콩쥐 팥쥐>에서 배운 문법을 사용하여 말할 수 있다.	상	중	하
<콩쥐 팥쥐>를 통해 한국 문화를 이해하는 데 도움이 되었다.	상	중	하

p.175

1. ① - ② - ③ - ④ - ⑤ - ⑥ - ⑦ - ⑧

這是什麼意思？

生病｜雖然英鎬看起來非常健康，但是小時候經常<u>生病</u>。

耕田｜以前用牛<u>耕田</u>，現在則用機器，所以很方便。

折斷｜下樓時摔<u>斷了</u>腿。

被罵｜上次沒寫作業被老師<u>訓了一頓</u>，但是今天還是沒寫作業。

滿滿地｜冰箱裡<u>裝滿了</u>食物，再也放不進去了。

填滿｜因為姊姊喜歡購物，所以衣櫃裡<u>滿滿的</u>衣服和包包。

穿洞｜衣服口袋破了個<u>洞</u>，裡面的硬幣都掉了。

相遇｜在路上偶然<u>遇到了</u>前男友，但是他就這樣走掉了。

p.180

1. 얼굴은 예뻤지만 마음씨가 나쁜 사람. 臉蛋漂亮，但是心地很壞的人。

2. 밑바닥에 구멍이 뚫려 있었기 때문에. 因為底部破洞。

3. 비단옷 한 벌과 예쁜 꽃신 한 켤레. 一件絲綢衣和一雙漂亮的繡花鞋。

4. ×①豆姑娘的媽媽在豆姑娘十幾歲時去世了。

　　○②繼母帶來了一個叫紅豆女的女兒。

　　○③一頭黃牛幫豆姑娘把所有的田地都耕了。

　　×④豆姑娘因為工作沒做完，所以無法去外婆家。

　　○⑤豆姑娘為了躲避出巡的官員，所以弄丟了一雙鞋子。

5. (1)豆姑娘的媽媽（生病後앓다가），永遠閉上了眼睛。

　(2)紅豆女經常說謊（欺負괴롭혔습니다）豆姑娘。

　(3)一想到要被繼母（訓斥야단맞을），就流下了眼淚。

　(4)叫豆姑娘把稻穀（碾碎찧고），把布都織好後再過來。

p.182

句型和表達方式

①-(으)ㄴ/는 척하다

例 在父親面前裝作疼愛豆姑娘。

(1)美娜有公主病，總是<u>裝漂亮예쁜 척</u>。

(2)弟弟不想去學校，所以<u>假裝肚子痛</u>。

(3)因為不想吃藥，所以我<u>假裝吃了藥먹은 척하고</u>，並瞞著媽媽扔掉。

(4)雖然不知道那是什麼意思，但是我<u>假裝知道아는 척</u>，並點了點頭。

②-(으)ㄴ/는데도

例 認真打水填滿甕，但是水缸一直沒有裝滿。

(1)雖然學了배웠는데도三次這個文法，但是我還是記不太住。

(2)非常羨慕那樣吃먹는데도也不會變胖的詩恩。

(3)昨天睡了잤는데도那麼久，但是上課時還是很困。

(4)他大聲喊불렀는데도「英鎬先生」，但是對方沒回頭就走了。

③-(으)ㄴ 채로

例 豆姑娘只穿了一雙鞋就去了外婆家。

(1)太累了，所以穿著衣服입은 채로睡著了。

(2)在韓國，不能戴著帽子쓴 채로打招呼。

(3)被「咚」的一聲嚇得張著嘴벌린 채로站著。

(4)在美國可以穿著鞋신은 채로鞋進入屋內，在韓國則要脫鞋才能進去。

④-(으)ㄹ까

例 繼母心想可能會得到獎賞，所以打算穿繡花鞋。

(1)路太滑了，正在考慮要不要開車할까。

(2)聽說濟州島很美，所以我這次暑假想去갈까濟州島。

(3)明天去郊遊，擔心會下雨올까。

(4)現在時間是五點，我想課程應該已經結束了끝났을까。

p.187

課後複習

□雖然英鎬看起來非常健康，但是小時候經常〈生病병을 앓다〉。

□以前用牛〈耕田밭을 갈다〉，現在則用機器，所以很方便。

□下樓時摔〈斷부러지다〉了腿。

□上次沒寫作業被老師〈訓了一頓야단맞다〉，但是今天還是沒寫作業。

□冰箱裡〈裝滿가득〉了食物，再也裝不下去了。

□因為姊姊喜歡購物，所以衣櫃裡〈滿滿的채우다〉衣服和包包。

□衣服口袋〈破了뚫리다個洞〉，裡面的硬幣都掉了。

□在路上偶然〈遇到了마주치다〉前男友，但是他就這樣走掉了。

퀴즈? 퀴즈!

콩 심은 데 ☐ 나고, 팥 심은 데 ☐ 난다.

意思是只要努力就會取得相應的結果。

나는 어떤 사람?

❶ 사랑 없이
결혼할 수 있다.

예→ ❷
아니오 → ❸

❷ 옷을 잘 입는
다.

예→ ❹
아니오 → ❺

❸ 동물을
좋아한다.

예→ ❻
아니오 → ❼

❹ 조용한 시골이
좋다.

예→ ❽
아니오 → ❺

❺ 꾸미는 것을
좋아한다.

예→ ❾
아니오 → ❿

❻ 노래를 잘한다.

예→ ⓫
아니오 → ❿

❼ 눈치가 빠른
편이다.

예→ ⓬
아니오 → ⓭

❽ 몸매가 좋다.

예→ ⓮
아니오 → ⓰

❾ 항상 깔끔하다.

예→ ⓮
아니오 → ⓯

❿ 약속을
잘 지킨다.

예→ ⓰
아니오 → ⓯

⓫ 힘들어도
잘 참는다.

예→ ⓰
아니오 → ⓯

⓬ 성격이 급하다.

예→ ⓮
아니오 → ⓯

⓭ 변화에
잘 적응한다.

예→ ⓰
아니오 → ⓮

⓮ 피부가 좋다.

예→ ㉮
아니오 → ㉯

⓯ 거짓말을
못한다.

예→ ㉰
아니오 → ㉱

⓰ 고기보다 야채
를 좋아한다.

예→ ㉲
아니오 → ㉳

㉮	㉯	㉰	㉱	㉲	㉳

선녀　　나무꾼　　게으름뱅이　　팥쥐　　웅녀　　도깨비

퀴즈퀴즈 解答　콩 / 팥

흥부와 놀부

여러분은 '권선징악'이라는 말을 들어 봤습니까?

여러분은 실제로 착한 사람에게 좋은 일이 생긴다고 생각합니까?

여러분 나라의 이야기 속에 나오는 새는 어떤 역할을 합니까?

興夫與孬夫

大家聽過「懲惡揚善」這樣的話嗎？

大家認為現實中好事真的會發生在好人身上嗎？

各位國家的童話故事中，鳥通常扮演什麼樣的角色？

● 看以下的插圖，你覺得是什麼樣的故事內容呢？請試著說說看。

상상하며 듣기 *想像並聆聽*

1 邊看圖片邊聽CD，按故事順序寫下圖片的編號。 **MP3** 51

2 請把故事按照正確順序重新排列後並說出來。

3 再聽一遍，寫下陌生的單字。

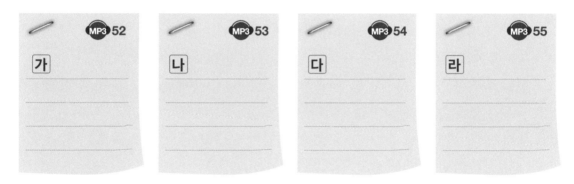

這是什麼意思？

반면	형은 키가 크고 힘이 센 **반면**에 동생은 키도 작고 힘도 약합니다.
유산	부모님이 돌아가신 후 받은 **유산**을 모두 사회에 기부했습니다.
쫓아내다	용감한 우리 집 개가 큰 소리로 짖어서 도둑을 **쫓아냈습니다**.
여리다	우리 아이는 마음이 **여려서** 개미 한 마리도 죽이지 못해요.
얻다	잔칫집에 가서 **얻어** 온 떡을 가족들과 나눠 먹었습니다.
쌀쌀하다	봄이 되어서 낮에는 따뜻하지만 아침저녁에는 아직 **쌀쌀합니다**.
열리다	사과나무에 사과가 많이 **열렸습니다**.
쏟다	넘어지면서 실수로 커피를 친구의 옷에 **쏟았습니다**.
약탈하다	무서운 남자들이 나타나서 마을의 귀중한 물건들을 모두 **약탈해** 갔습니다.

흥부와 놀부

가

옛날에 경상도, 전라도, 충청도가 만나는 지역에 '연 **생원**'이라는 사람이 살고 있었습니다. 연 생원에게는 두 명의 아들이 있었는데 큰 아들의 이름은 놀부이고 작은 아들은 흥부였습니다. 형 놀부는 심술이 많아서 남을 괴롭히고 <u>때리기 일쑤였습니다</u>. **반면**에 동생인 흥부는 마음씨가 착하고 정이 많은 사람이었습니다. 부모님이 돌아가시자 놀부는 더욱 욕심이 많아졌습니다. 부모님의 모든 **유산**을 혼자 가지려고 동생 흥부를 추운 겨울에 집에서 **쫓아냈습니다**.

마음 **여린** 흥부는 가족들을 데리고 살 곳을 찾아다녔습니다. 그리고 사람이 살지 않는 빈집을 찾았습니다. 흥부네 가족은 낡은 그 집에서 춥고 배고픈 생활을 하면서 하루하루 힘들게 살아갔습니다. 흥부의 아내는 너무 배고파하는 아이들이 불쌍해서 흥부에게 형님 집에 가서 쌀을 좀 **얻어** 오라고 했습니다. 흥부는 형님 집에 갔다가 쌀은커녕 **구박을 받고** 매까지 맞았습니다.

나

어렵고 가난하게 살던 흥부네 가족에게도 추운 겨울이 가고 따뜻한 봄이 돌아왔습니다. **강남**에서 날아온 **제비**들이 바쁘게 집을 지었습니다. 흥부 집 지붕에도 제비가 집을 짓고 새끼를 키웠습니다. 하루는 제비들이 시끄럽게 <u>울어 대서</u> 흥부가 쳐다보니, 뱀 한 마리가 새끼 제비를 잡아먹으려 하고 있었습니다. 흥부는 재빨리 뱀을 쫓아냈습니다. 그런데 새끼 제비 한 마리가 떨어져서 다리가 부러졌습니다. 흥부는 불쌍한 제비의 다리를 정성껏 고쳐 주었습니다. 새끼 제비는 건강하게 자라서 날씨가 다시 **쌀쌀해지는** 가을이 되자 따뜻한 강남으로 날아갔습니다. 뱀 때문에 <u>죽을 뻔했던</u> 제비는 흥부에게 은혜를 갚고 싶었습니다. 그래서 제비 왕에게 이 사실을 말하고 은혜를 갚게 해 달라고 했습니다. 제비 왕은 이 말을 듣고 **박씨** 하나를

興夫與孬夫

　　很久很久以前，在慶尚道、全羅道、忠清道交會處有位名叫「延生員」的人。延生員有兩個兒子，大兒子的名字是孬夫，小兒子叫興夫。哥哥孬夫的壞心眼很多，<u>經常欺負、毆打別人</u>；相反地，弟弟興夫心地非常善良，很有人情味。在牠們的父母去世以後，孬夫愈加貪心，他想獨占父母親的所有遺產，於是在寒冷的冬天，把弟弟趕出了家門。

　　心軟的興夫帶著自己的家人尋找可以居住的地方，後來終於發現一個沒有人住的空房子。興夫一家人在那個老舊的房子哩，過著挨餓受凍的生活，每一天都非常辛苦。興夫的妻子覺得挨餓的孩子們很可憐，所以叫興夫去哥哥家要一些米回來，但是興夫到了孬夫家，非但沒有要到米，反而受盡折磨，挨了一頓揍。

　　對過著艱辛、窮苦生活的興夫一家而言，寒冬終究過去，溫暖春天來臨了，從江南飛來的燕子忙碌築巢，在興夫家屋頂造了一個鳥巢，養育著鳥寶寶們。有一天，燕子們非常吵雜地啼叫，<u>並直盯著興夫</u>，原來是有一條蛇想要吃掉小燕子。興夫趕緊將蛇趕走，但是，有一隻小燕子已經掉到地上，腿也折斷了。興夫盡心盡力地把那隻可憐的小燕子只好，讓小燕子們可以健健康康地長大。而當天氣再次變冷，到了秋天，牠們就要飛往暖和的江南。因為<u>蛇差點死掉的</u>燕子想要向興夫表達感恩之情，所以告訴了燕子王這件事情，請求燕王幫牠們報恩，燕王聽完之後給了燕子一個葫蘆種子。

　　隔年春天，那隻燕子再次回到興夫的家，並將葫蘆種子丟在興夫家的

제비에게 주었습니다.

　다음 해 봄에 그 제비가 다시 흥부 집을 찾아왔습니다. 그리고는 박씨 하나를 흥부의 집 마당에 떨어뜨려 주었습니다. 흥부는 박씨를 집 옆에 심었습니다. 박씨는 **무럭무럭** 잘 자라서 **탐스러운** 박이 여러 개 **열렸습니다**. 가을이 되자 흥부는 가족들과 함께 이 박을 **따서 톱**으로 **켰습니다**. 첫 번째 **박을 켰더니** 박 속에서 금은보화가 **쏟아져** 나왔습니다. 두 번째 박을 켜 보았더니 비단과 **온갖** 옷들이 들어 있었습니다. 세 번째 박에서는 쌀과 고기와 비싼 약들이 쏟아져 나왔습니다. 네 번째 박 속에서는 수많은 사람들이 나와서 흥부의 낡은 집을 큰 **기와집**으로 만들어 주었습니다. 흥부는 이렇게 해서 하루아침에 큰 부자가 되었습니다.

다

　이 말을 들은 놀부는 배가 아팠습니다. 그래서 흥부에게 어떻게 해서 부자가 되었는지 물어보았습니다. 마음씨 착한 흥부는 놀부에게 모든 사실을 이야기해 주었습니다. 놀부는 집으로 돌아와서 제비 한 마리를 잡았습니다. 그리고는 제비의 다리를 일부러 부러뜨린 후 다시 고쳐 주었습니다. 이 제비도 강남으로 돌아갔다가 **이듬해** 박씨 하나를 물고 날아왔습니다. 놀부도 이 박씨를 심었습니다. 시간이 흘러 박이 크게 자라자 놀부도 박을 켰습니다. 첫 번째 박을 켰더니 **스님**들이 나타나 쌀을 모두 가져갔습니다. 두 번째 박을 켜 보았더니 도깨비들이 나타나서 놀부를 마구 때렸습니다. 세 번째 박에서는 힘센 남자들이 나타나서 놀부의 집을 부수고 금은보화를 **약탈해 갔습니다**. 네 번째 박에서는 **똥물**이 흘러나와 놀부의 집은 홍수가 났습니다.

라

　놀부는 이렇게 해서 하루아침에 거지가 되고 말았습니다. 마음씨 좋은 동생 흥부는 이 소식을 듣고 놀부를 찾아가서 집으로 데리고 왔습니다. 그리고는 집도 지어주고 **재산**도 나누어 주었습니다. 흥부의 도움을 받은 놀부는 자신의 지난 **잘못을 뉘우치고** 흥부와 함께 행복하게 잘 <u>살았답니다</u>.

院子裡。興夫就這樣把葫蘆種子種在家的旁邊，隨著時間經過，葫蘆種子茁壯成長，結出好幾個令人喜愛的葫蘆。到了秋天，興夫和家人們一起把這些葫蘆摘下來，用鋸子鋸開。鋸開第一個葫蘆，從裡面拿出了許多金銀財寶；鋸開第二個葫蘆一看，裡頭裝滿了各種綢緞以及衣服；第三個葫蘆裡有著大米、肉類和昂貴的藥材。還有很多人從第四個葫蘆裡跑了出來，將興夫老舊的房子改建成寬敞的瓦房。因為如此，興夫一夕之間便成了大富翁。

聽到這個消息的孬夫非常嫉妒，所以問了興夫要怎樣才能變成富翁。心地善良的興夫便將所有事情告訴了孬夫。孬夫回到家，抓了一隻燕子，故意把燕子的腿給弄斷，又把牠治好。這隻燕子也在回到江南的翌年，銜著一粒葫蘆的種子回來，孬夫也將這顆種子給種下。時間流逝，葫蘆長得很大，孬夫也將葫蘆給鋸開。第一科葫蘆裡出現了許多和尚，把孬夫家裡的大米全拿走了；第二個葫蘆鋸開一看，裡面有好多獨角妖怪，把孬夫毒打了一頓；接著從第三個葫蘆裡跑出一堆力氣很大的男人，把孬夫的家給打碎，還奪走了全部的金銀財寶。最後，第四個葫蘆內流出糞水，把孬夫的家給淹沒了。

四

孬夫因為如此，一夜之間便成了乞丐，心地善良的弟弟興夫聽到這個消息，跑去找孬夫，把他帶回自己家，還蓋房子供他住、分財產給他。接受了興夫幫助的孬夫對於自己以往的過錯非常懊悔，後來和興夫過著幸福快樂的生活。

1　孬夫為什麼趕走了興夫一家？

2　興夫如何對待掉在地上的小燕子？

3　燕子為什麼給興夫種子？

4　下列何者符合《興夫與孬夫》的內容？

① 놀부는 부모님이 돌아가신 후 흥부와 같이 살았다.

② 흥부는 제비가 물어다 준 박을 팔아서 큰 부자가 되었다.

③ 놀부는 일부러 제비의 다리를 부러뜨린 후 다시 고쳐 주었다.

④ 놀부의 박에서는 온갖 금은보화와 비단과 쌀이 쏟아져 나왔다.

5　在空格中填入符合句意的單字。

이듬해	낡은	구박	뉘우치고

(1) 흥부네 가족은 (　　　　　　　) 그 집에서 춥고 배고픈 생활을 했습니다.

(2) 흥부는 쌀은커녕 (　　　　　　)을/를 받고 매까지 맞았습니다.

(3) 제비도 강남으로 돌아갔다가 (　　　　　　) 박씨 하나를 물고 날아왔습니다.

(4) 지난 잘못을 (　　　　　　) 흥부와 함께 행복하게 잘 살았다고 합니다.

6 請摘要《興夫與孬夫》的內容。

가 _____
_____
_____

나 _____
_____
_____

다 _____
_____
_____

라 _____
_____
_____

어휘

생원	生員	**박을 켜다**	鋸開葫蘆
구박받다	被虐待	**온갖**	各種
강남	江南	**기와집**	瓦房
제비	燕子	**이듬해**	翌年、隔年
박씨	葫蘆種子	**스님**	和尚
무럭무럭	茁壯地	**똥물**	餿水、糞尿
탐스럽다	令人賞心悅目的	**재산**	財產
따다	摘取	**잘못을 뉘우치다**	悔過
톱	鋸子		

❶ -기 일쑤이다

表示某事經常發生，主要與負面內容結合。

> **예문** 놀부는 심술이 많아서 남을 괴롭히고 <u>때리기 일쑤였습니다</u>.

(1) 지강 씨는 매일 늦게 자서 학교 수업에 _____.

(2) 내 동생은 덜렁대는 성격이라서 물건을 _____.

(3) 예전에는 약속을 _____ 이제는 메모를 잘해서 약속을 잊어버리지 않아요.

(4) 싸우지 않으려면 서로 조금씩 양보해야 하는데, 그 사람은 계속 자기가 하고 싶은 대로 해서 친구들과 _____.

❷ -아/어/여 대다

表達繼續做某件事，且程度很嚴重或反覆。主要是負面的意思。

> **예문** 제비들이 시끄럽게 <u>울어 대서</u> 흥부가 쳐다보았습니다.

(1) 아이들이 시끄럽게 _____ 공부할 수가 없었어요.

(2) 그렇게 쉬지 않고 _____ 체할 수 있으니까 천천히 먹어.

(3) 못생겼다고 친구들이 _____ 학교에 가기 싫어요.

(4) 공원에서 술을 마시고 소리를 _____ 사람들 때문에 주민들이 힘들어합니다.

❸ -(으)ㄹ 뻔하다

「差點～」，強調某狀況沒發生，但是快發生的狀態。

> **예문** 뱀 때문에 <u>죽을 뻔했던</u> 제비는 흥부에게 은혜를 갚고 싶었습니다.

(1) 수업에 늦어서 급하게 달려가다가 _____.

(2) 퇴근 시간이라 길이 막혀서 약속 시간에 _____.

(3) 슬픈 영화를 보고 _____ 여자 친구가 옆에 있어서 울음을 참았다.

(4) 설거지를 하다가 그릇이 미끄러져서 그릇을 _____.

❹ -답니다

間接引用「-다고 하다」的縮寫，或是以委婉的語氣教導對方不知道的內容。

> **예문** 자신의 지난 잘못을 뉘우치고 행복하게 잘 <u>살았답니다</u>.

(1) 흐엉 씨는 내일 모임에 안 _____.

(2) 일기예보에서 오늘 날씨가 _____.

(3) 비 때문에 체육대회가 _____.

(4) 가: 오늘 무슨 날인가요? 평소보다 더 예뻐 보이네요.
　　나: 오늘은 남자 친구와 _____.

● 下列畫中的人物正在進行什麼樣的對話呢？請試著寫寫看。

놀부　_____

　　　　_____

흥부　_____

　　　　_____

흥부 부인　_____

　　　　_____

흥부　_____

　　　　_____

흥부　_____

　　　　_____

놀부 부인　_____

　　　　_____

제비　_____

　　　　_____

제비 왕　_____

　　　　_____

놀부 _____

_____

흥부 _____

_____

도깨비 _____

_____

놀부 _____

_____

흥부 _____

_____

놀부 _____

_____

● 根據故事進行角色扮演並演出話劇

演出人員

놀부: _____   흥부: _____   흥부 부인: _____

놀부 부인: _____   제비: _____   제비 왕: _____

도깨비: _____

1 놀부가 착한 형이고 흥부가 나쁜 동생이었다면 이 이야기는 어떻게 되었을까요?
   如果孬夫是善良的哥哥，興夫是壞弟弟，那麼這個故事會變得如何？

   _____

   _____

   _____

   _____

   _____

2 제비가 다치지 않았다면 흥부는 어떻게 되었을까요?
   如果燕子沒有受傷，興夫會怎麼樣？

   _____

   _____

   _____

   _____

   _____

3 여러분에게 제비의 박씨가 있다면, 그 박에서 무엇이 나왔으면 좋겠습니까?
   如果你有燕子的葫蘆種子，你會希望葫蘆裡有什麼？

   _____

   _____

   _____

   _____

   _____

1   다음은 <흥부와 놀부>에서 배운 어휘들입니다. 알고 있는 어휘에 ✔ 해 보세요.

☐ 생원	☐ 탐스럽다	☐ 이듬해
☐ 구박받다	☐ 따다	☐ 스님
☐ 강남	☐ 톱	☐ 똥물
☐ 제비	☐ 박을 켜다	☐ 재산
☐ 박씨	☐ 온갖	☐ 잘못을 뉘우치다
☐ 무럭무럭	☐ 기와집	

2   다음 문장의 (   ) 안에 들어갈 어휘를 알고 있는지 ✔ 하고 써 보세요.

☐ 형은 키가 크고 힘이 센 (   ) 동생은 키도 작고 힘도 약합니다.

☐ 부모님이 돌아가신 후 받은 (   )을/를 모두 사회에 기부했습니다.

☐ 용감한 우리 집 개가 큰 소리로 짖어서 도둑을 (   ).

☐ 우리 아이는 마음이 (   )아/어서 개미 한 마리도 죽이지 못해요.

☐ 잔칫집에 가서 (   )아/어 온 떡을 가족들과 나눠 먹었습니다.

☐ 봄이 되어서 낮에는 따뜻하지만 아침저녁에는 아직 (   ).

☐ 사과나무에 사과가 많이 (   ).

☐ 넘어지면서 실수로 커피를 친구의 옷에 (   ).

☐ 무서운 남자들이 나타나서 마을의 귀중한 물건들을 모두 (   )아/어 갔습니다.

3   다음 표 안의 문장을 읽고 할 수 있는 정도에 따라 상·중·하에 ✔ 해 보세요.

<흥부와 놀부>의 줄거리를 말할 수 있다.	상	중	하
<흥부와 놀부>에서 배운 문법을 사용하여 말할 수 있다.	상	중	하
<흥부와 놀부>를 통해 한국 문화를 이해하는 데 도움이 되었다.	상	중	하

p.193

1. ① - ④ - ② - ⑥ - ⑦ - ③ - ⑤ - ⑧

這是什麼意思？

相反地｜哥哥很高且力氣大，<u>相反地</u>，弟弟很矮力氣也小。

遺產｜父母去世後將收到的<u>遺產</u>全部捐給社會。

趕走｜我家勇敢的狗大聲吠叫，<u>趕走</u>了小偷。

柔軟｜我的孩子心很<u>軟</u>，連一隻螞蟻都捨不得殺。

得到｜我和家人分享從喜宴拿<u>到</u>的年糕。

涼爽｜春天到了，雖然白天暖和，但是早晚還是會<u>涼</u>。

結果｜蘋果樹上<u>結</u>了很多蘋果。

傾倒｜摔倒時不小心把咖啡<u>灑</u>到朋友的衣服上了。

搶劫｜可怕的男人出現，把村裡所有貴重的物品都<u>搶走</u>了。

p.198

1. 모든 유산을 혼자 가지려고. 想獨吞所有的遺產。

2. 제비의 다리를 정성껏 고쳐 주었습니다. 細心地治好燕子的腳。

3. 은혜를 갚고 싶어서. 想報恩。

4. ①孬夫在父母去世後和興夫同住。

　　②興夫賣了燕子叼回的葫蘆，成了大富翁。

　　③孬夫故意折斷燕子的腳後再治好。

　　④孬夫的葫蘆裡湧出了各種金銀財寶、絲綢和米。

5. (1)興夫一家在（破舊的낡은）房子裡過着又冷又餓的生活。

　　(2) 興夫別說是米了，還被（欺負구박），甚至被打。

　　(3) 燕子回到江南，（隔年이듬해）就叼著葫蘆飛過來了。

　　(4) （反省뉘우치고）過去的錯誤，和興夫一起幸福地生活。

p.200

句型和表達方式

①-기 일쑤이다

例 孬夫愛算計，經常欺負和打人。

(1)志強每天都很晚睡，所以<u>經常遲到지각하기 일쑤입니다</u>。

(2)我弟弟個性迷糊，<u>經常弄丟잃어버리기 일쑤입니다</u>東西。

(3)以前<u>常常忘記잊어버리기 일쑤였는데</u>約會，現在都記在便條紙上，所以不會再忘記了。

(4)不想吵架就要互相退讓一點，但是那個人卻總是隨意和朋友們<u>吵架싸우기 일쑤입니다</u>。

②-아/어/여 대다

例 燕子們大聲啼叫，所以興夫看向燕子們。

(1)孩子們太吵떠들어 대서，所以沒辦法學習。

(2)那樣不停地吃먹어 대면會噎到，慢慢吃吧！

(3)朋友們取笑놀려 대서我長得醜，所以不想去學校。

(4)因為在公園喝酒，甚至大喊大叫질러 대는的那些人，居民們都不堪其擾。

③-(으)ㄹ 뻔하다

例 差點被蛇咬死的燕子想報答興夫的恩惠。

(1)上課遲到了，急急忙忙跑過去差點摔倒넘어질 뻔했습니다。

(2)下班時間路很塞，所以約會差點遲到늦을 뻔했습니다。

(3)看了悲傷的電影差點哭了울 뻔했지만，但是因為女友在旁邊，所以忍住了眼淚。

(4)洗碗時，碗滑了一下，差點摔破깰 뻔했습니다碗。

④-답니다

例 他說會反省自己過去的錯誤，幸福地生活。

(1)聽說洪英不會來온답니다明天的聚會。

(2)天氣預報說今天天氣很好좋답니다。

(3)聽說因為下雨，所以運動會延期了연기되었답니다。

(4)甲：今天是什麼日子？你看起來比平時更漂亮。

　　乙：男友說今天要約會데이트가 있답니다。

p.205

課後複習

□哥哥很高且力氣大，(相反地반면)，弟弟很矮力氣也小。

□父母去世後將收到的(遺產유산)全部捐給社會。

□我家勇敢的狗大聲吠叫，(趕走了쫓아내다)小偷。

□我的孩子心很(軟여리다)，連一隻螞蟻都捨不得殺。

□我和家人分享從喜宴(拿到얻다)的年糕。

□春天到了，雖然白天暖和，但是早晚還是會(涼쌀쌀하다)。

□蘋果樹上(結了열리다)很多蘋果。

□摔倒時不小心把咖啡(灑到쏟다)朋友的衣服上了。

□可怕的男人出現，把村裡所有貴重的物品都(搶走약탈하다)了。

퀴즈? 퀴즈!

[   ] 주고 [   ] 준다.

比喻傷害他人後給予安慰或保護。

노래 불러 봐요~

흥부와 놀부

강소천 작사
나운영 곡

옛 날 옛 - 날 한 옛날에 흥 부 놀 - 부 살았다네
옛 날 옛 - 날 한 옛날에 흥 부 놀 - 부 살았다네

맘 씨 고 운 흥 부 는 - 제 비 다 - 리 고쳐주고
심 술 궂 은 놀 부 는 - 제 비 다 - 리 다쳐놓고

박 씨 하 나 얻 어 서 - 울 - 밑 - 에 심었더니
박 씨 하 나 얻 어 서 - 울 - 밑 - 에 심었더니

주 렁 주 - 렁 열렸 - 대 복 바 가 - 지 열렸 - 대
주 렁 주 - 렁 열렸 - 대 헛 바 가 - 지 열렸 - 대

톱 질 하 세 톱질 하세 슬 근 슬 근 톱질 하세
톱 질 하 세 톱질 하세 슬 근 슬 근 톱질 하세

하 나 켜 면 금 나오고 둘 을 켜 면 은나오고
셋 을 켜 도 금 은없고 넷 을 켜 도 은은없고

함께
불러 봐요~

퀴즈퀴즈 解答 혀 / 品

12과

효녀 심청

동방예의지국, 효도, 유교 사상에 대해 들어 보았습니까?

여러분 나라에는 효도와 관련된 이야기가 있습니까?

여러분이 한 일 중에서 부모님이 가장 기뻐하셨던 일은 무엇입니까?

孝女沈清（沈清傳）

大家聽說過東方禮儀之邦、孝道和儒家思想嗎？

大家的國家裡有沒有關於孝道的故事呢？

大家做過的事情中，最讓父母開心的是什麼？

● 看以下的插圖，你覺得是什麼樣的故事內容呢？請試著說說看。

1 邊看圖片邊聽CD，按故事順序寫下圖片的編號。 **MP3** 56

2 請把故事按照正確順序重新排列後並說出來。

3 再聽一遍，寫下陌生的單字。

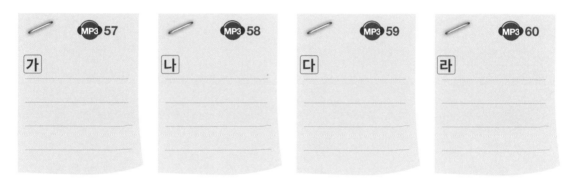

MP3 57 가

MP3 58 나

MP3 59 다

MP3 60 라

這是什麼意思？

봉사	심 **봉사**는 앞이 보이지 않아 다리를 건너다가 물에 빠졌습니다. ＊봉사가 눈을 뜨다
젖	엄마 **젖**을 먹고 자란 아이는 분유를 먹고 자란 아이보다 건강하다.
키우다	저는 혼자 살아서 외롭기 때문에 강아지를 **키우고** 있어요.
부양하다	부모님이 일찍 돌아가셔서 장남인 그가 동생들을 **부양한다**.
바치다	신에게 제물을 **바쳐** 마을의 평안을 빌었습니다.
집안 형편	아버지가 사고로 회사를 다닐 수 없게 된 후 **집안 형편**이 어려워졌다.
양녀	부모가 없는 고아였지만 부잣집에 **양녀**로 들어가서 친딸처럼 잘 살고 있습니다.

효녀 심청

가

옛날 어느 마을에 **눈이 먼 봉사**가 한 명 살았습니다. 그 사람은 심 씨여서 사람들은 그를 '심 봉사'라고 불렀습니다. 그에게는 세 살 된 딸이 있었는데 그 아이의 이름은 '청'이었습니다. 청이의 어머니는 청이를 낳다가 돌아가셨습니다. 그래서 심 봉사는 마을 이웃들에게 **젖**을 얻어서 청이를 **키웠습니다**.

몇 년 후 심청이는 착한 소녀로 자라나서 아버지를 **부양했습니다**. 하루는 청이가 마을 사람의 잔치에 일을 하러 갔는데 늦게까지 집에 돌아오지 않았습니다. 걱정하던 심 봉사는 청이를 마중하러 나갔는데 앞이 보이지 않아서 다리를 건너다가 물에 빠져 버렸습니다. "사람 살려, 사람 살려!"

나

마침 그 앞을 지나가던 한 스님이 심 봉사를 구해 주며 말했습니다.

"쯧쯧쯧, 앞이 안 보이시는군요. **부처님**께 쌀 삼백 석을 **바치면 눈을 뜰 수** 있을 텐데……"

"네? 제가 눈을 뜰 수 있다고요? 제가 쌀 삼백 석을 바치겠습니다."

심 봉사는 **집안 형편**이 어려웠지만 눈을 뜰 수 있다는 말에 너무 기쁜 나머지 약속을 하고 말았습니다. 집에 돌아온 심 봉사는 자기가 한 말이 후회되었습니다. '날마다 우리 불쌍한 청이가 일해서 먹고 사는데 어떻게 쌀 삼백 석을 바칠 수 있을까?' 심 봉사는 자기도 모르게 한숨을 쉬었습니다. 심청이는 걱정하는 아버지의 모습을 보고 "아버지, 무슨 걱정 있으세요?" 하고 물었습니다. 그러자 심 봉사는 낮에 있었던 스님과의 일을 이야기했습니다.

"아버지, 걱정 마세요. 옆 마을 장씨 부인이 저를 양녀로 삼고 싶어 하시니까 제가 양녀가 되면 저에게 쌀을 주실 거예요."

심 봉사는 청이의 말을 믿고 안심하며 생각했습니다. '그래, 부잣집에 가면 가난한 나하고 사는 것보다는 고생하지 않고 살 수 있겠지.'

孝女沈清（沈清傳）

一

　　很久很久以前，在某個村子裡，有一位眼睛看不見的盲人，因為他姓沈，所以村裡的人都叫他「沈盲人」。他有一個三歲的女兒，單名「清」。沈清的母親在生沈清食變過是，所以沈盲人只好向村裡的人要奶水來養育沈清。

　　幾年後，沈清成長為一個乖巧的少女，奉養父親。有一天，沈清出門幫助村人舉辦宴席，時間很晚了都還沒有回家，擔心女兒的沈盲人決定出門去接沈清。因為看不見任何東西，所以沈盲人在過橋的時候，不小心掉進水裡了。「救命啊！救命啊！」

二

　　這時，剛好一位和尚經過，他救了沈盲人並對他說：

　　「嘖嘖嘖，你眼睛看不到吧？如果你獻給佛祖三百石大米，就可以恢復視力了⋯⋯」

　　「什麼？你說我可以恢復視力？我願意奉獻三百石大米。」

　　雖然沈盲人的家境貧寒，但聽到眼睛可以看見東西實在太高興了，竟然直接答應了。回到家以後，他對他自己曾說過的話非常後悔。「每天就靠著我可憐的女兒出去工作來維持家計，我怎麼可能有辦法貢獻三百石大米呢？」沈盲人不自覺地嘆了口氣。沈清看見自己父親擔憂的模樣，問道：「爸爸，您在擔心什麼呢？」沈盲人便把稍早遇見和尚的事情告訴了沈清。

　　「爸爸，別擔心。隔壁村的張夫人說想把我收為養女，我如果成為她的養女，她一定會給我大米的。」

　　沈盲人相信了沈清的話，稍微安了心，心想：「是啊，與其跟窮困的我一起住，還不如到有錢人家，就不用過得那麼辛苦了。」

다

어느 날 청이는 마을 사람들로부터 중국 상인들이 바다에 **제물**로 쓸 처녀를 구한다는 말을 들었습니다. 청이는 중국 상인들에게 자신이 제물로 팔려 갈 테니까 쌀 삼백 석을 달라고 했습니다. 상인들과 약속한 날이 되었습니다. 청이는 마지막으로 아버지께 맛있는 밥을 지어 드리고 절을 했습니다. '아버지 눈을 꼭 뜨시고 건강하게 오래오래 사세요.' 그때 밖에서 상인들의 목소리가 들렸습니다.

"아가씨, 배 시간에 늦겠어요. 빨리 나오세요."

이 말을 들은 심 봉사는 청이가 양녀가 아니라 제물로 팔려 간다는 사실을 알았습니다.

"이게 무슨 말이냐, 안 된다! 청아!"

심 봉사는 울면서 소리쳤지만 소용이 없었습니다. 청이는 결국 제물이 되어 바다에 빠졌습니다. 그러나 물에 **빠진** 청이는 죽지 않았습니다. 바다의 **용왕**은 청이의 **효심**에 감동하여 청이를 **연꽃**에 넣어 바다 위로 보내 주었습니다.

라

어느 날 한 **어부**가 바다 위에 **떠** 있는 큰 연꽃을 **발견하고**, 임금에게 그 꽃을 바쳤습니다. 임금이 연꽃에 **다가갔을** 때 연꽃 속에서 심청이가 나왔습니다. 임금은 심청이의 이야기를 듣고 심청을 **왕비**로 삼았습니다. 심청은 왕비가 되었지만 아버지 걱정 때문에 기쁘지 않았습니다. 그래서 임금은 심청과 아버지를 만날 수 있게 하기 위해서 **맹인** 잔치를 열었습니다. 전국의 맹인들이 모두 **궁궐**에 모여서 잔치를 **즐겼습니다**. 심 봉사도 소문을 듣고 잔치에 참석했습니다. 심청이는 잔치에서 아버지를 발견하고 다가가서 말했습니다. "아버지, 저 청이에요!"

"아니, 이 목소리는 청이가 아니냐?" 심 봉사는 얼굴을 **만져** 보며 말했습니다.

심 봉사는 죽은 줄 알았던 청이가 살아 있자 깜짝 놀라 갑자기 눈이 뜨였습니다.

"그래, 내 딸 청이가 맞구나, 청아!"

심봉사와 청이는 기쁨의 눈물을 흘렸습니다. 사람들은 심청이의 효심 덕분에 심 봉사가 눈을 떴다고 생각했습니다. 그래서 심청이를 '**효녀** 심청'이라고 불렀습니다.

三

　　某一天，沈清從村人那裡聽說中國商人正在求祭祀大所需的處女祭品，於是沈清對中國商人說自己願意成為祭品，報酬是三百石大米。到了和中國商人約定好的那天，沈清為父親做了最後一頓美味的飯菜後，就向父親行了跪拜禮，對他說道：「爸爸，您的視力一定要恢復，健健康康地長命百歲。」這時，外頭傳來商人們的聲音。

　　「小姐，開船的時間會耽擱的，快點出來！」

　　聽到這句話的沈盲人這才知道自己的女兒並不是要去當養女，而是把自己賣掉，要成為祭品的事實。

　　「這是什麼話？不可以！沈清啊！」

　　沈盲人雖然邊哭邊喊，但已經沒有用了，沈清終究成為了祭品，掉進了大海。但是，掉進海裡的沈清並沒有死，海中的龍王被沈清的孝心所感動，將沈清放在蓮花裡，送回海面上。

四

　　有一天，一位漁夫發現了在海上漂浮的大蓮花，於是便將那朵蓮花獻給了國王。國王靠近蓮花，沈清就從蓮花中走了出來。國王聽了沈清的故事後，就迎娶她成為王妃。沈清成為王妃，但因為擔心父親，心情並不開朗。國王為了讓沈清能見到父親，舉行了盲人宴席，他讓全國各地的盲人都聚集到宮闕裡享用美食。沈盲人聽到這消息後也參加了宴會。沈清在席中發現了父親，於是走上前去。「爸爸，我是沈清！」

　　「啊，這不是沈清的聲音嗎？」沈盲人摸著沈清的臉，這麼說道。

　　沈盲人原本以為已死去的沈清竟然還活著，因此大受驚嚇，眼睛就突然看得見東西了。

　　「沒錯，是我女兒沈清啊，女兒啊！」

　　沈盲人和沈清都流下了高興的淚水。人們都認為是沈清的孝心，才讓她爸爸的眼疾能夠痊癒，因此把沈清稱為「孝女沈清」。

1 沈盲人與僧人約定了什麼？

2 沈盲人怎麼知道小清被當作祭品賣掉了？

3 入水的沈清為什麼沒死？

4 與《孝女沈清》內容相同的請打○，不同的請打✕

① 장씨 부인이 심청이를 양녀로 삼았습니다. ( )

② 임금은 심청이를 위해서 맹인 잔치를 열었습니다. ( )

③ 심청이는 왕비가 되어서 기뻤습니다. ( )

④ 심 봉사는 눈을 떴습니다. ( )

5 在空格中填入符合句意的單字。

바쳤습니다	덕분에	소용	키웠습니다

(1) 심 봉사는 마을 이웃들에게 젖을 얻어서 청이를 ( ).

(2) 심 봉사는 울면서 소리쳤지만 ( )이 없었습니다.

(3) 어부가 임금에게 그 꽃을 ( ).

(4) 사람들은 심청이의 효심 ( ) 심 봉사가 눈을 떴다고 생각했습니다.

6 請摘要《孝女沈清》的內容。

가 _____

_____

_____

나 _____

_____

_____

다 _____

_____

_____

라 _____

_____

_____

어휘

효녀	孝女	**어부**	漁夫
눈이 멀다	眼睛看不見	**발견하다**	發現
부처님	佛祖	**다가가다**	走上前去、靠近
눈을 뜨다	眼睛復明	**왕비**	王妃
제물	祭品	**맹인**	盲人
빠지다	掉進	**궁궐**	宮闕、宮殿
용왕	龍王	**즐기다**	享受、享樂
효심	孝心	**만지다**	觸摸、觸碰
연꽃	蓮花		

❶ -어/아/여 버리다

完成某項行為後減輕負擔或留下遺憾。

> **예문** 심 봉사는 앞이 보이지 않아서 다리를 건너다가 물에 <u>빠져 버렸습니다</u>.

(1) 동생이 내 빵을 다 _____ 동생과 싸웠어요.

(2) 열심히 뛰어왔는데 버스가 이미 _____.

(3) 친구가 약속 시간에 늦게 와서 친구에게 화를 _____.

(4) 내일이 시험인데 너무 졸려서 잠을 _____.

❷ -다/라/자/냐고요

為了確認已知的事實而反問，或再次強調自己說的話時。

> **예문** "네? 제가 눈을 뜰 수 <u>있다고요</u>?"

(1) 가: 내일이 시험이래요.

　　나: 네? 내일이 _____?

(2) 장정 씨가 아니고 장양 씨가 고향에 _____.

(3) 가: 열 시간 자냐고요?

　　나: 아니요, 열 시에 _____.

(4) 가: 오늘 점심은 학생 식당에서 먹읍시다.

　　나: 네? 학생 식당에서 _____?

❸ -(으)ㄴ 나머지

表示某行為或狀態產生的結果，主要用於負面的結果。

> **예문** 너무 기쁜 나머지 약속을 하고 말았습니다.

(1) 점심에 고기를 너무 많이 _____ 배탈이 났다.

(2) 쉬지 않고 열심히 일을 _____ 쓰러지고 말았다.

(3) 오늘 아침에 너무 _____ 옷을 거꾸로 입고 나왔다.

(4) 친구가 교통사고를 당했다는 소식을 듣고 너무 _____ 그 자리에 털썩 주저앉고 말았다.

❹ (으)로 삼다

將某個人或某種東西視為某種關係或對象。

> **예문** 장씨 부인이 저를 양녀로 삼고 싶어 하십니다.

(1) 나는 심심해서 강아지를 _____ 놀았다.

(2) 임금은 연꽃 속에서 나온 심청이를 _____.

(3) 가방을 _____ 잠시 낮잠을 잤다.

(4) 갑자기 비가 와서 어쩔 수 없이 외투를 _____.

● 下列畫中的人物正在進行什麼樣的對話呢？請試著寫寫看。

심 봉사 _____

_____

스님 _____

_____

심 봉사 _____

_____

심청 _____

_____

상인 _____

_____

심청 _____

_____

상인 _____

_____

심청 _____

_____

용왕 _____

_____

심청 _____

_____

임금 _____

_____

심청 _____

_____

심 봉사 _____

_____

심청 _____

_____

● 根據故事進行角色扮演並演出話劇

演出人員

심 봉사: _____ 심청: _____ 스님: _____

상인: _____ 용왕: _____ 임금: _____

1 내가 만약 심청이라면 어떻게 했을까요?
   如果我是沈清，我會怎麼做？

   _____

   _____

   _____

2 심청이가 죽었다면 어떻게 되었을까요?
   如果沈清死了會怎麼樣？

   _____

   _____

   _____

3 한국 사람들은 심청이를 효녀라고 합니다. 여러분 생각은 어떻습니까?
   韓國人稱沈清為孝女。大家對此有什麼想法呢？

   _____

   _____

   _____

4 여러분 나라에도 이와 비슷한 이야기가 있습니까?
   各位的國家也有類似的故事嗎？

   _____

   _____

   _____

1 다음은 <효녀 심청>에서 배운 어휘들입니다. 알고 있는 어휘에 ✔ 해 보세요.

☐ 효녀 ☐ 용왕 ☐ 다가가다
☐ 눈이 멀다 ☐ 효심 ☐ 왕비
☐ 부처님 ☐ 연꽃 ☐ 맹인
☐ 눈을 뜨다 ☐ 어부 ☐ 궁궐
☐ 제물 ☐ 뜨다 ☐ 즐기다
☐ 빠지다 ☐ 발견하다 ☐ 만지다

2 다음 문장의 ( ) 안에 들어갈 어휘를 알고 있는지 ✔ 하고 써 보세요.

☐ 심 ( )은/는 앞이 보이지 않아 다리를 건너다가 물에 빠졌습니다.
  * ( )이/가 눈을 뜨다

☐ 엄마 ( )을/를 먹고 자란 아이는 분유를 먹고 자란 아이보다 건강하다.

☐ 저는 혼자 살아서 외롭기 때문에 강아지를 ( )고 있어요.

☐ 부모님이 일찍 돌아가셔서 장남인 그가 동생들을 ( ).

☐ 신에게 제물을 ( ) 마을의 평안을 빌었습니다.

☐ 아버지가 사고로 회사를 다닐 수 없게 된 후 ( )이/가 어려워졌다.

☐ 가난한 집안 형편 때문에 부잣집에 ( )(으)로 팔려 갔다.

3 다음 표 안의 문장을 읽고 할 수 있는 정도에 따라 상·중·하에 ✔ 해 보세요.

<효녀 심청>의 줄거리를 말할 수 있다.	상	중	하
<효녀 심청>에서 배운 문법을 사용하여 말할 수 있다.	상	중	하
<효녀 심청>을 통해 한국 문화를 이해하는 데 도움이 되었다.	상	중	하

p.211

1. ① - ③ - ⑤ - ④ - ⑥ - ⑦ - ② - ⑧

這是什麼意思？

盲人｜沈盲人因為看不到前面，過橋時掉進了水裡。

＊沈盲人眼睛復明。

乳汁｜喝母乳長大的孩子比喝奶粉長大的孩子健康。

養育｜我一個人生活很孤獨，所以養了小狗。

撫養｜因為父母早逝，所以由身為長子的他撫養弟弟。

奉獻｜向神獻上祭品，祈求村子安寧。

家境｜父親因為意外無法上班後，家境變得很困難。

養女｜雖然她是沒有父母的孤兒，但作為養女進入富裕家庭後，她像親生女兒一樣被照顧，生活
　　　得很好。

p.216

1. 쌀 삼백 석을 바치겠다는 약속. 獻米糧三百石的承諾。

2. 상인들의 목소리를 들어서. 聽到商人們的聲音。

3. 용왕이 심청이의 효심에 감동하여 청이를 연꽃에 넣어 바다 위로 보내 주었기 때문에.
　龍王被沈清的孝心所感動，把清兒放進蓮花裡，送到海面上。

4. ×①張太太將沈清收為養女。

　　×②國王為沈清舉辦了盲人宴會。

　　×③沈清很高興成為王妃。

　　○④沈盲人重見光明。

5. (1)沈盲人從村中的鄰居那裡得到了乳汁，(養育키웠습니다)小清。

　　(2) 沈盲人大聲哭喊也沒有(用소용)。

　　(3) 漁夫把那朵花(獻給바쳤습니다)了國王。

　　(4) 人們認為沈盲人是(托德분에)沈清的孝心才得以重見光明。

p.218

句型和表達方式

①-어/아/여 버리다

例 沈盲人看不見前面，所以過橋時掉進水裡了。

(1)弟弟把我的麵包全部吃光먹어 버려서，所以我和弟弟吵架了。

(2)我努力跑過來，但是公車已經開走了떠나 버렸습니다。

(3)因為朋友遲到，所以對他發火了내 버렸습니다。

(4)雖然明天要考試，但是我實在太睏，所以睡著了자 버렸습니다。

②-다/라/자/냐고요
例 「嗯？我能恢復視力嗎？」
(1)甲：明天要考試。
　　乙：嗯？明天要考試嗎？시험이라고요？
(2)不是張靜，而是張陽要回 간다고요老家。
(3)甲：他問是否睡了十個小時嗎？
　　乙：不是，他問是不是十點睡覺자냐고요。
(4)甲：今天中午在學生餐廳吃飯吧！
　　乙：什麼？你說要在學生餐廳吃飯嗎먹자고요？

③-(으)ㄴ 나머지
例 興奮之餘答應了這個約會。
(1)中午吃了먹은 나머지太多肉，所以肚子不舒服。
(2)因為不停努力工作한 나머지，最終病倒了。
(3)今天早上太忙바쁜 나머지，連衣服都穿反了。
(4)聽到朋友出車禍的消息，嚇得놀란 나머지癱坐在地上。

④(으)로 삼다
例 張太太想把我收為養女。
(1)我太無聊了，所以把小狗當作朋友친구(로) 삼아一起玩。
(2) 國王把從蓮花中走出來的沈清當作王妃왕비로 삼았습니다。
(3) 他用包包當枕頭베개(로) 삼아，睡了一會午覺。
(4) 突然下大雨，沒辦法，只好把外套當雨傘用우산으로 삼았습니다。

p.223
課後複習

☐沈（盲人봉사）因為看不到前面，過橋時掉進了水裡。

＊（盲人봉사）眼睛復明。

☐喝母（乳젖）長大的孩子比喝奶粉長大的孩子健康。

☐我一個人生活很孤獨，所以（養了키우다）小狗。

☐因為父母早逝，所以身為長子的他（撫養부양하다）弟弟。

☐向神（獻上바치다）祭品，祈求村子安寧。

☐父親因為意外無法上班後，（家境집안 형편）變得很困難。

☐因為家境貧寒，她被賣到有錢人家做（養女양녀）。

퀴즈? 퀴즈!

흉년에 어미는 [   ] 죽고

아이는 [   ] 죽는다.

意思是父母總為了子女犧牲自己。

[   ] 도 위아래가 있다.

意思是再小的東西也要先給長輩。

여러분은 미신을 믿나요?

❶ 나는 인연을 믿는다.
　　相信緣分。

❷ 나의 예감은 잘 맞는다.
　　預感很準。

❸ 나는 점을 본 적이 있다.
　　曾經算過命。

❹ 미래는 이미 정해져 있다.
　　認為未來已經註定了。

❺ 이 세상에는 귀신이 있다.
　　相信這個世界上有鬼神。

❻ 나에게는 행운의 물건이 있다.
　　有屬於自己的幸運物。

❼ 나쁜 일을 하면 하늘이 벌을 준다.
　　相信做壞事會被老天爺懲罰。

❽ 사람이 죽으면 다른 세상으로 간다.
　　認為人死了會前往另一個世界。

❾ 꿈속에서의 일이 현실로 나타난 적이 있다.
　　夢中的事曾經變成事實。

❿ 중요한 일을 하기 전에 하면 안 되는 일이 있다.
　　在做重要的事情之前有不能做的禁忌。

8개 이상	당신은 진정한 미신 숭배자입니다. 으흐흐~
5개~7개	너무 믿으면 삶이 피곤해져요. ㅜㅜ
3개~4개	이 정도는 정신 건강에 좋아요.
2개 이하	당신은 차가운 두뇌의 소유자!

퀴즈퀴즈 解答 름낟 / 저크배 / 이쁨

13과

토끼의 간

여러분은 다른 사람의 말을 잘 믿는 편입니까?

여러분은 다른 사람을 속인 적이 있습니까?

여러분은 '눈에는 눈, 이에는 이'라는 말을 아십니까?

兔子的肝（鱉主簿傳）

大家會過於相信他人說的話嗎？
大家曾經騙過別人嗎？
大家聽過「以牙還牙，以眼還眼」這句話嗎？

● 看以下的插圖，你覺得是什麼樣的故事內容呢？請試著說說看。

1　邊看圖片邊聽CD，按故事順序寫下圖片的編號。　**MP3 61**

2　請把故事按照正確順序重新排列後並說出來。

3　再聽一遍，寫下陌生的單字。

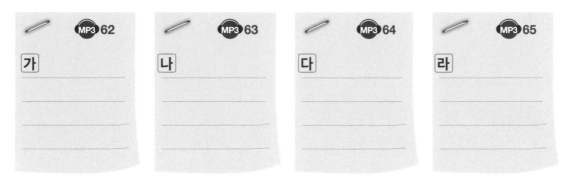

가　　　**MP3 62**

나　　　**MP3 63**

다　　　**MP3 64**

라　　　**MP3 65**

這是什麼意思？

유혹하다	다이어트를 하고 있는데 친구가 고기를 먹자고 **유혹해서** 고기를 먹고 말았다.
귀가 솔깃하다	하나를 사면 하나를 더 준다는 말에 **귀가 솔깃해져서** 사 버렸다.
꺼내다	냉장고에서 주스를 **꺼내어** 마셨다.
재치를 발휘하다	토끼는 죽을 뻔했지만 자신만의 **재치를 발휘하여** 살 수 있었다.
침착하다	지진이 났을 때는 당황하지 말고 **침착하게** 행동해야 합니다.
수군거리다	심청이가 팔려 간다는 말을 듣고 마을 사람들은 **수군거리기** 시작했습니다.
태우다	매일 아침 아이를 차에 **태우고** 학교에 데려다 준다.

토끼의 간

가

옛날 바다 속에 용왕님이 살고 있었습니다. 그런데 어느 날 용왕님이 이름을 알수 없는 병에 걸렸습니다. 용왕님은 바다 속에 있는 온갖 좋은 약을 먹어 보았지만 아무런 소용이 없었습니다. 오히려 용왕님의 병은 점점 더 **심해졌습니다**.

어느 날 **용궁**의 **어의**가 용왕님에게 **육지**에 사는 토끼의 **간**을 먹어야만 병이 나을 수 있다고 말을 하였습니다. 그래서 용왕은 용궁의 모든 신하들을 모아 놓고 누가 육지에 나가서 토끼를 잡아 올 것인지 물어보았습니다. 용궁의 신하들은 모두 다투기만 할 뿐 아무도 **나서지** 못했습니다. 바다 속에 사는 물고기가 육지에 올라가면 **숨을** 못 **쉬고** 죽을 것이 뻔하니까요.

나

그때 **자라**가 나타나서 자기가 토끼를 잡아 오겠다고 말했습니다. 용왕은 매우 기뻐하며 토끼를 잡아 오면 자라에게 높은 **벼슬**을 주겠다고 했습니다. 용궁의 어의는 자라에게 토끼가 어떻게 생겼는지 알려 주었습니다.

"두 귀는 길고 **쫑긋하며**, 온몸은 흰 **털로 덮여** 있고, 눈은 동그랗고 빨간색이며, 앞발은 짧고 뒷발은 깁니다."

자라는 토끼의 그림을 가지고 토끼를 찾으러 육지로 떠났습니다. 한참을 걸려 육지에 도착한 자라는 어렵게 토끼를 찾았습니다. 그리고 달콤한 말로 토끼를 **유혹했습니다**.

"토끼님, 저 바닷속 용궁에 가면 무서운 동물도 없고, 항상 맑은 물이 흐르며, 맛있는 음식을 매일 먹을 수 있답니다. 그리고 높은 벼슬을 받아 평생 편안하게 살 수 있습니다."

토끼는 이 말을 듣고 **귀가 솔깃해져서** 자라를 따라 용궁으로 갔습니다.

兔子的肝（鱉主簿傳）

一

很久很久以前，在海裡住著一位龍王。某天龍王突然患了不知名的疾病，龍王吃遍了海裡各種珍貴的藥，也沒有任何效果，病情反而越來越嚴重。

有一天，龍宮的御醫向龍王進言，說只有吃了住在陸地上的兔子肝，病才能好。聽到這話的龍王聚集了宮裡所有的臣子，問他們誰能到陸地上把兔子抓來。龍宮里的大臣都只是在爭辯，沒有任何人站出來，因為住在海中的魚只要一上陸地，就會因為無法呼吸導致死亡。

二

這時，鱉站了出來，說自己願意去抓兔子，龍王非常高興，並對鱉說，如果它能把兔子抓來，會封給鱉更高的官位，龍宮的御醫也告訴鱉兔子的長相。

「兩隻耳朵很長，高高豎起，整個身子都被白毛覆蓋，眼睛圓圓的，而且是紅色的。前腳短，後腳長。」

鱉帶著兔子的畫像，出發到陸地上尋找兔子。花了好長一段時間到達地面的鱉好不容易找到了兔子，打算用甜言蜜語迷惑兔子。

「兔子啊，如果到海裡的龍宮去，絕對沒有可怕的動物，一年四季都有潔淨的水流淌，每天都能吃到美食，而且還能獲得高官的位置，一輩子都能過得非常舒服。」

兔子聽到這番話，耳朵就豎了起來，並跟隨鱉到了龍宮。

다

용궁에 도착한 토끼는 간을 **꺼내**라는 용왕의 말을 듣고, 자기가 **속은** 것을 알았습니다. 그래서 토끼는 **재치를 발휘하여** 간을 육지에 두고 왔다고 했습니다. 그렇지만 아무도 토끼의 말을 믿으려고 하지 않았습니다. 토끼는 당황하지 않고 **침착하게** 말했습니다.

"제 간은 너무 귀해서 맑은 물에 잘 씻은 후에 깨끗한 곳에서 **말려야** 합니다. 제가 요즘 너무 답답해서 오늘 아침에 간을 꺼내어 저만 아는 장소에서 말리고 있었습니다. 그런데 자라가 갑자기 나를 데려오는 바람에 간을 두고 가져오지 못했습니다. 만약에 내 말을 못 믿는다면 지금 제 배를 **갈라** 보십시오. 만일 배를 갈라서 간이 없다면 저는 죽게 될 것이니 제 간은 영원히 찾지 못할 것입니다."

용궁의 신하들은 육지에 대해 잘 모를 뿐만 아니라 토끼의 간은 귀하기 때문에 그럴 수도 있다고 **수군거렸습니다**. 그래서 용왕은 자라에게 토끼를 데리고 다시 육지에 가서 간을 가지고 오라고 했습니다. 자라는 다시 토끼를 **태우고** 토끼의 간이 있는 육지로 향했습니다.

한참 걸려 육지에 도착했을 때 토끼는 얼른 자라의 등에서 내리며 말했습니다.

"어리석은 자라야, 세상에 간을 꺼내어 놓고 사는 동물이 어디에 있느냐? 네가 나를 속인 것처럼 나도 너를 속인 것이니, 나를 너무 **원망하지** 마라."

그러고는 숲 속으로 뛰어가 버렸습니다.

라

자라는 **그저** 뛰어가는 토끼의 뒷모습을 바라볼 뿐 아무것도 할 수 없었습니다. 그러나 토끼를 놓치고 빈손으로 가는 것은 여기에서 죽는 것만 못하다고 생각한 자라는 죽기 위해 높은 바위산으로 올라갔습니다. 자라가 아래로 뛰어내리려고 할 때 수염이 하얀 산신령이 나타나 자라에게 산삼 한 뿌리를 주며 말했습니다.

"너는 **충성심**이 정말 **지극하구나**, 이 산삼을 먹으면 용왕의 병이 나을 것이다. 이것을 가지고 용궁으로 돌아가거라."

산신령이 준 산삼을 받은 자라는 기쁜 마음으로 용궁으로 돌아갔습니다.

三

抵達龍宮的兔子聽到龍王說要把牠肝拿出來的話，才知道自己被騙了，所以兔子也施謀用計說自己的肝忘在陸地沒有帶過來，但沒有人相信兔子的話。兔子並不慌張，沉著地說：

「因為我的肝太珍貴了，必須在清淨的水裡洗好，再放到乾淨的地方晾乾。我最近因為非常煩悶，今天早上才把肝拿出來，放在只有我知道的地方晾乾呢！可是鱉突然把我帶來，我就把乾放在那裡，沒有帶過來。如果你們不相信我的話，現在就切開我的肚子看看吧！可是如果你們把我的肚子切開，裡面卻沒有肝的話，我就會死去，你們也永遠找不到我的肝了。」

龍宮的臣子們不僅不知道陸地上的情況，加上兔子肝非常珍貴的緣故，牠們只嘀嘀咕咕說道這也是有可能的，所以龍王命令鱉把兔子再次帶回陸地，把肝取回來，於是鱉載著兔子出發回到地面。

過了好一陣子，回到陸地的時候，兔子趕緊從鱉的背上下來，並且對牠說道：「愚蠢的鱉啊，世界上怎麼會有把肝拿出來還能活的動物呢？就像你欺騙了我一樣，我也騙了你，你可不要埋怨我啊。」

說完，兔子就一溜煙地跑進森林裡了。

四

鱉只能眼睜睜看著兔子的背影，什麼也做步了。他心想與其讓兔子跑走自己空手而歸，倒不如在陸地上死了算了，於是牠爬上高聳的岩石山。就在鱉準備往下跳的時候，一位蓄著白色鬍鬚的山神突然出現，給了鱉一根山參，說：

「你的忠誠之心非常值得讚許啊。龍王吃下這根山參，病就會好起來的。帶著它回到龍宮吧！」

鱉得到山神所給的山參，帶著愉快的心情回到了龍宮。

1 為什麼龍宮裡所有的大臣都沒能站出來說要抓兔子？

2 兔子怎麼知道自己被騙了？

3 為什麼鱉想死？

4 與《兔子的肝》內容相同的請打○，不同的請打×

① 용왕님은 이름을 알 수 없는 병에 걸렸습니다. ( )

② 자라는 달콤한 말로 토끼를 유혹했습니다. ( )

③ 자라가 급하게 토끼를 데려왔기 때문에 토끼는 간을 육지에 두고 왔습니다. ( )

④ 토끼는 간을 가지고 와서 용왕에게 주었습니다. ( )

⑤ 토끼는 높은 벼슬을 받아 용궁에서 편안하게 살았습니다. ( )

5 在空格中填入符合句意的單字。

솔깃해져서	갈라서	생겼는지	수군거렸습니다

(1) 어의는 자라에게 토끼가 어떻게 ( ) 알려 주었습니다.

(2) 이 말을 듣고 귀가 ( ) 자라를 따라 용궁으로 갔습니다.

(3) 만일 배를 ( ) 간이 없다면 제 간은 영원히 찾지 못할 것입니다.

(4) 용궁의 신하들은 육지에 대해서 잘 모를 뿐만 아니라 토끼의 간은 귀하기 때문에 그럴 수도 있다고 ( ).

6　請摘要《兔子的肝》的內容。

가
_____
_____
_____

나
_____
_____
_____

다
_____
_____
_____

라
_____
_____
_____

어휘

용궁	龍宮	**털**	毛髮、毛
어의	御醫	**덮이다**	覆蓋
육지	陸地	**속다**	欺騙
간	肝	**말리다**	晾乾
나서다	站出來	**가르다**	切
숨을 쉬다	呼吸	**원망하다**	埋怨、怪罪
자라	鱉	**그저**	只能
벼슬	官位、官職	**충성심**	忠心
쫑긋하다	豎耳傾聽	**지극하다**	至誠

❶ -(으)ㄴ/는/(으)ㄹ 것이 뻔하다

強調正確預測某種狀況。

> **예문** 물고기가 육지에 올라가면 숨을 못 쉬고 <u>죽을 것이 뻔하니까요</u>.

(1) 안젤라 씨가 전화를 안 받아요. 집에 _____.

(2) 이렇게 연습을 안 하면 이번 시합에 _____.

(3) 미영 씨가 아직 안 오는 걸 보니 오늘도 _____.

(4) 벌써 저녁 7시인데 동생이 아직도 안 들어왔어요. 친구들과 같이 _____.

❷ -는 바람에

「因為～」，強調正確預測某種狀況。

> **예문** 갑자기 나를 <u>데려오는 바람에</u> 간을 두고 가져오지 못했습니다.

(1) 아침에는 날씨가 좋았는데 갑자기 _____ 축제를 망쳤어요.

(2) 여자 친구에게 선물을 주려고 했지만 _____ 주지 못했어요.

(3) 숙제를 하려고 했는데 _____ 숙제를 못했습니다.

(4) 전화벨이 크게 _____ 잠을 자던 아이가 깼어요.

❸ -다/라면

「如果～」、「萬一～」，假定前面的狀況後依據該條件行事，或進入某種狀態。

> **예문** 만약에 내 말을 못 믿는다면 지금 제 배를 갈라 보십시오.

(1) 한국 친구가 _____ 한국어를 잘할 수 있을 것 같아요.

(2) 이 일을 하는 것이 그렇게 _____ 하지 않아도 됩니다.

(3) 내가 공부를 더 열심히 _____ 시험에 합격했을 텐데…….

(4) 내가 만약에 하늘을 날 수 있는 _____ 지금 고향에 갈 거예요.

❹ 만 못하다

比較程度或狀態時，主詞比不上比較對象時所使用。

> **예문** 자라는 토끼를 놓치고 빈손으로 가는 것은 여기에서 죽는 것만 못하다고 생각했습니다.

(1) 놀부의 마음씨는 _____.

(2) 제임스의 한국어 실력은 _____.

(3) 늦게 일어났다고 학교에 결석하는 것은 _____.

(4) 건강을 해치며 다이어트하는 것은 _____다고 생각합니다.

● 下列畫中的人物正在進行什麼樣的對話呢？請試著寫寫看。

용왕 _____

_____

어의 _____

_____

자라 _____

_____

용왕 _____

_____

어의 _____

_____

_____

_____

자라 _____

_____

토끼 _____

_____

용왕 ＿＿＿＿＿＿＿＿＿＿＿＿＿＿

＿＿＿＿＿＿＿＿＿＿＿＿＿＿

토끼 ＿＿＿＿＿＿＿＿＿＿＿＿＿＿

＿＿＿＿＿＿＿＿＿＿＿＿＿＿

토끼 ＿＿＿＿＿＿＿＿＿＿＿＿＿＿

＿＿＿＿＿＿＿＿＿＿＿＿＿＿

자라 ＿＿＿＿＿＿＿＿＿＿＿＿＿＿

＿＿＿＿＿＿＿＿＿＿＿＿＿＿

자라 ＿＿＿＿＿＿＿＿＿＿＿＿＿＿

＿＿＿＿＿＿＿＿＿＿＿＿＿＿

산신령 ＿＿＿＿＿＿＿＿＿＿＿＿＿＿

＿＿＿＿＿＿＿＿＿＿＿＿＿＿

● 根據故事進行角色扮演並演出話劇

演出人員

용왕 : ＿＿＿＿＿＿＿＿   어의 : ＿＿＿＿＿＿＿＿   자라 : ＿＿＿＿＿＿＿＿

토끼 : ＿＿＿＿＿＿＿＿   병사들 : ＿＿＿＿＿＿＿＿   산신령 : ＿＿＿＿＿＿＿＿

1 어의는 왜 육지에 사는 토끼의 간을 먹어야 병이 낫는다고 했을까요?
   御醫為什麼說吃住在陸地上的兔子肝病才會好？

_____

_____

_____

_____

2 여러분이 토끼라면, 자라가 어떤 말을 했을 때 용궁으로 따라가겠습니까?
   如果你是兔子，鱉要說什麼你才會跟著去龍宮呢？

_____

_____

_____

_____

3 자라가 산삼을 용궁으로 가져간 후의 이야기를 상상하여 말해 보세요.
   想像一下鱉把山神帶到龍宮後的故事吧。

_____

_____

_____

_____

1 다음은 <토끼의 간>에서 배운 어휘들입니다. 알고 있는 어휘에 ✔ 해 보세요.

☐ 용궁 ☐ 자라 ☐ 말리다
☐ 어의 ☐ 벼슬 ☐ 가르다
☐ 육지 ☐ 쫑긋하다 ☐ 원망하다
☐ 간 ☐ 털 ☐ 그저
☐ 나서다 ☐ 덮이다 ☐ 충성심
☐ 숨을 쉬다 ☐ 속다 ☐ 지극하다

2 다음 문장의 ( ) 안에 들어갈 어휘를 알고 있는지 ✔ 하고 써 보세요.

☐ 다이어트를 하고 있는데 친구가 고기를 먹자고 ( )아/어서 고기를 먹고 말았다.

☐ 하나를 사면 하나를 더 준다는 말에 귀가 ( )아/어서 사 버렸다.

☐ 냉장고에서 주스를 ( )아/어 마셨다.

☐ 토끼는 죽을 뻔했지만 자신만의 ( ) 발휘하여 살 수 있었다.

☐ 지진이 났을 때는 당황하지 말고 ( )게 행동해야 합니다.

☐ 심청이가 팔려 간다는 말을 듣고 마을 사람들은 ( )기 시작했습니다.

☐ 매일 아침 아이를 차에 ( )고 학교에 데려다 준다.

3 다음 표 안의 문장을 읽고 할 수 있는 정도에 따라 상·중·하에 ✔ 해 보세요.

<토끼의 간>의 줄거리를 말할 수 있다.	상	중	하
<토끼의 간>에서 배운 문법을 사용하여 말할 수 있다.	상	중	하
<토끼의 간>을 통해 한국 문화를 이해하는 데 도움이 되었다.	상	중	하

翻譯&解答

p.229

1. ① - ③ - ⑤ - ④ - ② - ⑥ - ⑦ - ⑧

這是什麼意思？

誘惑｜我正在減肥，朋友卻誘惑我吃肉，結果我還是吃了肉。

豎起耳朵｜一聽到買一送一，我的耳朵就豎起來，並且買了。

取出｜我從冰箱拿出果汁來喝。

發揮才智｜雖然兔子差點死掉，但是牠發揮才智活了下來。

冷靜｜發生地震時不要驚慌，要冷靜行事。

竊竊私語｜聽到沈清被賣掉的消息，村民們開始嘰嘰喳喳議論紛紛。

載｜每天早上開車載孩子上學。

p.234

1. 바다 속에 사는 물고기가 육지에 올라가면 숨을 못 쉬기 때문에.
   因為生活在海裡的魚燈上陸地後無法呼吸。
2. 토끼의 간을 꺼내라는 용왕의 말을 듣고. 聽到龍王說要把兔子的肝拿出來。
3. 빈손으로 가는 것은 죽는 것만 못하다고 생각해서. 因為覺得空手回去不如死掉。
4. ○① 龍王得了不知名的病。
   ○② 鱉用甜言蜜語誘惑兔子。
   ×③ 因為鱉急著把兔子帶過來，所以兔子把肝放在陸地上了。
   ×④ 兔子把肝拿過來給了龍王。
   ×⑤ 兔子成為高官，在龍宮裡安居樂業。
5. (1) 御醫告訴鱉兔子（長생겼는지）什麼樣。
   (2) 聽了這話，牠耳朵都（豎起來솔깃해져서）了，跟著鱉去了龍宮。
   (3) 如果（切開갈라서）肚子沒有肝，那麼就永遠找不到我的肝。
   (4) 龍宮的大臣們不僅對陸地不太了解，還（嘰嘰喳喳수군거렸습니다）說兔子的肝臟很珍貴，所
      以那是有可能的。

p.236

句型和表達方式

① -(으)ㄴ/는/(으)ㄹ 것이 뻔하다

例 因為上岸後，會因為無法呼吸而死掉。

(1) 安琪拉不接電話，肯定不在家없는 것이 뻔해요。

(2) 如果不這樣練習，這次比賽肯定會輸질 것이 뻔해요。

(3) 美英還沒來，今天肯定也要遲到了늦을 것이 뻔해요 / 지각할 것이 뻔해요。

(4) 都晚上七點了，弟弟還沒回來。很明顯是和朋友們在一起玩놀고 있는 것이 뻔해요。

②-는 바람에
例 因為突然把我帶來，所以我沒來得及拿肝。
(1)早上天氣很好，卻突然下雨비가 오는 바람에，把慶典搞砸了。
(2)本來想送禮物給女友，但是因為吵架싸우는 바람에，所以沒能送出去。
(3)本來想寫作業，但是因為客人來了손님이 오는 바람에，所以沒能寫。
(4)電話鈴大聲響起울리는 바람에，把睡著的孩子吵醒了。

③-다/라면
例 如果不相信我的話，現在就剖開我的肚子吧。
(1)如果我有있다면韓國朋友，應該就能說流利的韓語。
(2)做這件事那麼累的話힘들다면，就不要做了。
(3)如果我更努力學習的話했다면，考試就合格了……
(4)如果我是能飛上天的鳥새라면，我現在就要回老家。

④만 못하다
例 鱉認為錯過兔子空手回去，還不如死在這裡。
(1)孬夫的心腸比不上興夫흥부만 못합니다。
(2)詹姆斯的韓語實力比我差나만 못합니다。
(3)晚起就曠課，還不如遲到지각하는 것만 못합니다。
(4)我認為與其減肥損害健康，還不如不減肥안 하는 것만 못하。

p.241
課後複習
□我正在減肥，朋友卻（誘惑유혹하다）我吃肉，結果我還是吃了肉。
□一聽到買一送一，我的耳朵就（豎起來귀가 솔깃하다），並且買了。
□我從冰箱（拿出꺼내다）果汁來喝。
□雖然兔子差點死掉，但是牠（發揮才智재치를 발휘하다）活了下來。
□發生地震時不要驚慌，要（冷靜침착하다）行事。
□聽到沈清被賣掉的消息，村民們開始（嘰嘰喳喳수군거리다）議論紛紛。
□每天早上開車（載태우다）孩子上學。

퀴즈? 퀴즈!

가 얇다.

意思是很容易相信別人說的話。

호랑이 굴에 들어가도 면 산다.

意思是無論處在多麼危急的狀況，只要不驚慌，就能擺脫危機。

띠와 성격

쥐│鼠	창조적이고 과학적인 것에 관심이 많아 똑똑하다는 소리를 듣기도 해요. 對有創意且具科學性的事物很感興趣，所以也常被說很聰明。	
소│牛	근면, 성실하며 조용히 자신의 공부나 일을 열심히 해요. 勤勞、誠實，且總是安靜認真地學習或工作。	
호랑이│虎	용감하고 주도적인 역할을 잘하며 성격이 명랑, 활발해요. 勇敢且擅長領導，個性開朗活潑。	
토끼│兔	주변에 항상 사람들이 있고 사교성이 좋고 섬세한 성격이에요. 身邊總是有一群人，很會社交，心思細膩。	
용│龍	밝은 성격으로 일을 즐기는 방법을 잘 알고 있어요. 무인도에 갇혀도 굶어 죽진 않을 거예요. 性格開朗，知道如何享受工作，即使受困無人島也不會餓死。	
뱀│蛇	잔머리가 좋아서 어려운 일을 쉽게 하며 눈치가 빨라요. 很會耍小聰明，所以能輕易做到困難的事，眼光也很好。	
말│馬	추진력이 강해서 일을 시작하면 열심히 하고 재주가 많아서 항상 바빠요. 總是很有動力，一旦開始工作就會非常努力，而且多才多藝，所以總是很忙。	
양│羊	재능은 많지만 도전하지 않고 현실과 타협합니다. 한번 도전해 보세요. 雖然有很多才能，但是不喜歡挑戰，而是與現實妥協，請試著挑戰些什麼吧。	
원숭이│猴	재주가 뛰어나고 재치가 있어서 연예인이 많아요. 才藝出眾，很有才華，所以很多藝人都屬猴。	
닭│雞	세련되고 주목받는 것을 좋아하며 시간 약속을 잘 지켜요. 幹練且喜歡受矚目，很守時。	
개│狗	내성적이면서도 자신을 위해 최선을 다하는 성격이에요. 雖然個性內向，但是會為了自己而竭盡全力。	
돼지│豬	겉으로는 단순해 보이지만 속으로는 큰 계획을 가지고 있어요. 表面上看起來很單純，內心卻有著宏大的計劃。	

퀴즈퀴즈 解答 귀│놀라지 않으

14과

춘향전

여러분은 어떤 사람과 결혼을 하고 싶습니까?

여러분이 결혼하고 싶어 하는 사람을 가족이 반대한다면 어떻게 하겠습니까?

여러분은 어떤 유혹에도 흔들리지 않는, 의지가 강한 사람입니까?

春香傳

大家想和什麼樣的人結婚呢？

如果家裡有人反對你的結婚對象，你會怎麼做呢？

大家是不受任何誘惑，意志堅定的人嗎？

● 看以下的插圖，你覺得是什麼樣的故事內容呢？請試著說說看。

상상하며 듣기 想像並聆聽

1 邊看圖片邊聽CD，按故事順序寫下圖片的編號。 **MP3** 66

2 請把故事按照正確順序重新排列後並說出來。

3 再聽一遍，寫下陌生的單字。

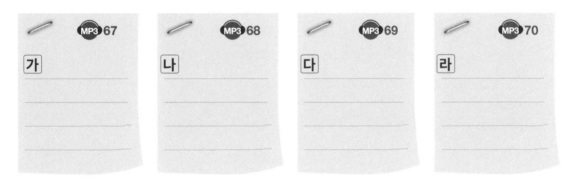

這是什麼意思？

허락	주인의 **허락** 없이 남의 물건을 함부로 만지면 안 됩니다.
속삭이다	수업 시간에 작은 목소리로 **속삭이다가** 선생님께 야단맞았다.
강요하다	영수가 운동하기 싫어하니까 운동하라고 자꾸 **강요하지** 마세요.
처형	곧 **처형**될 죄수에게 마지막으로 하고 싶은 말이 무엇인지 물었다.
수난을 당하다	전쟁과 배고픔으로 **수난을 당하는** 사람들이 점점 늘어나고 있다.
신분	현대에는 모든 사람이 **신분**의 구별 없이 평등합니다.
한탄하다	사업이 망했다고 **한탄만 하지** 말고 용기를 가지십시오.
비판하다	남의 잘못만 **비판하지** 말고 자기의 잘못은 무엇인지 생각해 보세요.
파직	뇌물을 받은 공무원을 **파직**시키는 것은 당연한 것이다.

춘향전

가

옛날 전라도 남원에 월매라는 **기생**이 있었는데, 월매에게는 '춘향'이라는 예쁜 딸이 있었습니다. 어느 날 춘향이 **그네**를 타고 있는데 이몽룡이 놀러 나왔다가 우연히 그 모습을 보고 춘향의 아름다움에 **반했습니다**. 이몽룡은 춘향에게 어디에 사는 누구인지를 묻고 저녁에 찾아가겠다고 약속했습니다. 춘향도 **늠름한** 이몽룡의 모습이 마음에 들었습니다. 집으로 돌아온 이몽룡은 춘향에 대한 생각으로 마음의 **갈피를 잡지** 못했습니다. 드디어 밤이 되자 이몽룡은 춘향의 집으로 찾아갔습니다. 그리고 춘향과 혼인을 하고 싶다고 월매에게 말을 했습니다. 월매는 이몽룡이 별로 마음에 들지 않았지만 결국 둘의 혼인을 **허락했습니다**.

나

월매의 허락을 받은 이몽룡은 밤마다 춘향을 찾아가 사랑을 **속삭였습니다**. 그런데 이몽룡은 **과거 시험** 때문에 한양으로 가지 않을 수 없게 되었습니다. 이몽룡은 춘향에게 반드시 **장원급제**하여 다시 돌아오겠다고 약속하고 한양으로 떠났습니다. 춘향은 이몽룡으로부터 좋은 소식이 오기만을 기대하며 하루하루를 지냈습니다.

얼마 후 이 마을에 변학도라는 원님이 새로 **부임해** 왔습니다. 그런데 변학도는 일은 하지 않고 여자만 좋아하는 **호색한**이었습니다. 변학도는 새로 부임한 기념으로 기생들을 모아 놓고 잔치를 열었는데, 그때 아름다운 춘향을 발견했습니다. 변학도는 춘향에게 수청을 **강요했지만** 춘향은 변학도의 **수청을 드느니** 차라리 죽겠다고 했습니다. 크게 화가 난 변학도는 춘향에게 큰 벌을 주고 **감옥에 가두었습니다**. 그러나 감옥 안에서도 춘향의 마음은 변하지 않았습니다. 변학도는 자신의 생일에 마지막으로 춘향의 생각을 물어보고, 만약 그때도 거절하면 춘향을 **처형하겠**

春香傳

一

　　很從前，在全羅道南原，有一位名叫月梅的妓女，她有一個長得很漂亮的女兒，名為「春香」。有一天，春香正在盪鞦韆，李夢龍出來遊覽時正好看到這個畫面，就這樣迷上了美麗的春香。李夢龍問春香住在哪裡、叫什麼名字之後，就和她約好了晚上去找她。而春香也喜歡上相貌堂堂的李夢龍。回到家的李夢龍一直想著春香，心神不寧，好不容易等到晚上，李夢龍到了春香居住的地方，像月梅說希望能夠與春香締結婚姻。月梅雖然不太喜歡李夢龍，但終究同意了兩人的婚事。

二

　　得到月梅允諾的李夢龍每晚都和春香談情說愛。但是，李夢龍需要參加科舉，不得不到漢陽去。李夢龍對春香承諾，自己一定會狀元及第後再次歸來，就出發前往漢陽了。春香期待著李夢龍的好消息，就這樣一天天地過日子。

　　不久之後，鄉裡有一名叫作卞學道的官員上任。卞學道是一位不做事、只喜歡女子的好色之徒。他為了慶祝自己上任，把所有妓女召集起來，大擺宴席。就在那時，他發現了美麗的春香，卞學道雖然強逼春香成為包養官妓，但春香寧死也不願被卞學道包養，震怒之下卞學道給春香極大的懲處，並把她關進監獄。就算如此，在監獄裡的春香也不改其想法。卞學道對春香說，在他生日當天，最後一次問她的想法，如果那時還是拒絕的話，他就把春香處以死刑。

다고 했습니다.

다

한편, 한양으로 올라간 이몽룡은 열심히 공부하여 장원급제했습니다. 이몽룡은 열심히 <u>공부하느라고</u> 춘향의 소식을 전혀 듣지 못했기 때문에 하루라도 빨리 춘향을 만나고 싶어 남원으로 향했습니다. **암행어사**가 된 그는 남원으로 오는 길에, 한 농부로부터 춘향이 **수난을 당하고** 있다는 이야기를 들었습니다. 이몽룡은 장원급제를 <u>했음에도 불구하고</u> 암행어사는 자신의 **신분**을 숨겨야 하기 때문에 거지의 모습으로 월매를 만났습니다. 월매는 딸을 구해 줄 이몽룡이 거지가 되어 나타나자 매우 실망하며 딸이 곧 죽게 되었다고 **한탄했습니다**. 이몽룡은 거지 모습으로 춘향이 있는 감옥을 찾아갔지만, 몽룡을 향한 춘향의 마음은 <u>변할 리가 없었습니다</u>.

라

이튿날 변학도의 생일날이 되었습니다. 몽룡도 거지의 모습으로 변학도의 생일잔치에 갔습니다. 이몽룡은 잔치에서 백성들을 괴롭히는 변학도를 **비판하는** 시를 지었습니다.

금동이의 향기로운 술은 천 사람의 피요,
옥소반의 좋은 **안주**는 만백성의 기름이라.
노랫소리 높은 곳에 원망 소리 높았더라.

변학도가 이 시의 의미도 모른 채로 잔치를 계속 진행하고 있을 때 "암행어사 **출두요!**"라는 말과 함께 많은 병사들이 **몰려와** 변학도를 잡아 무릎 꿇게 했습니다. 이몽룡은 변학도를 **파직시키고** 춘향을 구했습니다. 그리고 춘향과 혼인하여 이남 이녀를 낳고 행복하게 살았습니다.

三

　　另一方面，上京趕考的李夢龍在努力研讀之後，終於取得狀元。李夢龍因為認真準備考試，完全沒有聽到任何關於春香的消息，很希望能夠趕快與春香見面，因此出發前往南原。成為暗行御史的他在往南原的路上，從一位農夫那裡聽到春香受難的消息，李夢龍雖然已經狀元及第，但礙於自己是暗行御史，不得不隱藏自己的身份，於是就以一個乞丐的樣子和月梅見面。月梅看到要救自己女兒的李夢龍成了乞丐，非常失望，嘆息道自己的女兒就要死了。李夢龍雖然以乞丐的樣子去了春香所在的監牢，但春香對他的心意依然未變。

四

　　第二天就是卞學道的生日，李夢龍也以乞丐的身份去參加官老爺的生日宴席，並在席上寫了一首批判卞學道壓榨百姓的詩：

　　裝在金銀杯中的好酒是千人的血；
　　盛在玉盤裡的酒菜是萬民的油脂。
　　歌聲高揚之處便是眾人怨聲載道！

　　無知的卞學道根本不懂這首詩的意思，正準備繼續宴席，這時突然傳來「暗行御史駕到！」的聲音，為數眾多的士兵湧上前來，抓住卞學道，讓他跪下。李夢龍免了卞學道的官職，終於救出了春香。後來，他和春香結了婚，生了兩男兩女，一家人過著幸福快樂的生活。

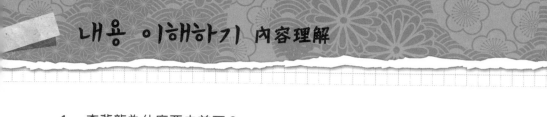

1　李夢龍為什麼要去首爾？

2　李夢龍怎麼知道春香受難？

3　李夢龍為什麼以乞丐的樣子出現？

4　下列何者符合《春香傳》的內容？

① 춘향은 변학도의 수청을 들었다.

② 월매는 거지가 된 몽룡을 반겨 주었다.

③ 월매의 반대로 몽룡과 춘향은 헤어졌다.

④ 변학도는 여자만 좋아하는 호색한이었다.

5　在空格中填入符合句意的單字。

늠름한	갈피	괴롭히는	강요

(1) 춘향도 (　　　　　　) 이몽룡의 모습이 마음에 들었습니다.

(2) 이몽룡은 춘향에 대한 생각으로 마음의 (　　　　　)을/를 잡지 못했습니다.

(3) 변학도는 춘향에게 수청을 (　　　　)했지만 춘향은 거절했습니다.

(4) 이몽룡은 잔치에서 백성들을 (　　　　　) 변학도를 비판하는 시를 지었습니다.

6 請摘要《春香傳》的內容。

가 _____

_____

_____

나 _____

_____

_____

다 _____

_____

_____

라 _____

_____

_____

어휘

기생	妓女、妓生	수청을 들다	包養官妓
그네	鞦韆	감옥	牢獄、監獄
반하다	愛上～、著迷於～	가두다	關上、關閉
늠름하다	神采奕奕、相貌堂堂	암행어사	暗行御史
갈피를 잡다	理出頭緒	금동이	金銅
과거 시험	科舉考試	옥소반	玉盤
장원급제	狀元及第	안주	下酒菜
부임하다	赴任	출두	駕到
호색한	好色之徒	몰려오다	湧上前

문형과 표현 익히기 句型和表達方式

❶ -지 않을 수 없다

「不得不～」，用雙重否定表達強烈的肯定。

> **예문** 이몽룡은 서울로 <u>가지 않을 수 없게</u> 되었습니다.

(1) 집에 손님이 온다고 해서 음식을 _____.

(2) 노인이 버스에 타면 젊은 사람들은 자리를 _____.

(3) 사실인 것처럼 토끼가 말을 너무 잘했기 때문에 용왕과 신하들은 토끼의 말을
_____.

(4) 놀고 싶지만 내일이 시험이라서 공부를 _____.

❷ -느라고

做不到某件事或出現負面結果時而說的藉口或理由。

> **예문** 이몽룡은 열심히 <u>공부하느라고</u> 춘향의 소식을 듣지 못했습니다.

(1) 컴퓨터게임을 _____ 시간 가는 줄 몰랐어요.

(2) 아이가 아파서 아이를 _____ 밤새도록 잠을 못 잤어요.

(3) 친구들과 재미있게 _____ 엄마와 약속한 것을 잊어버렸습니다.

(4) 욕실에서 _____ 전화를 받지 못했습니다.

❸ 에도 불구하고

表達出現與前面的某種狀態或情況無關的結果或事實。

> **예문** 장원급제를 <u>했음에도 불구하고</u> 거지의 모습으로 찾아갔습니다.

(1) 월매의 _____ 이몽룡과 춘향은 혼인하기로 했습니다.

(2) 효헌 씨는 심한 감기에 _____ 학교에 나와서 공부했다.

(3) 그는 키가 _____ 농구 선수가 되었다.

(4) 비싼 _____ 그 가방을 사는 여자들이 많다.

❹ -(으)ㄹ 리가 없다

「不可能～」、「不會～」，表達完全沒有那種理由或可能性。

> **예문** 몽룡을 향한 춘향의 마음은 <u>변할 리가 없었습니다</u>.

(1) 천사처럼 항상 웃는 착한 미선 씨가 화를 _____.

(2) 차가 이렇게 막히는데 벌써 _____.

(3) 진우 씨는 휴가를 가서 지금 집에 _____ 집으로 전화하지 마세요.

(4) 에릭 씨는 사귀던 여자 친구와 며칠 전에 헤어졌기 때문에 지금 기분이
_____.

● 下列畫中的人物正在進行什麼樣的對話呢？請試著寫寫看。

이몽룡 ＿＿＿＿＿＿＿＿＿＿＿＿＿＿＿

＿＿＿＿＿＿＿＿＿＿＿＿＿＿＿

춘향 ＿＿＿＿＿＿＿＿＿＿＿＿＿＿＿

＿＿＿＿＿＿＿＿＿＿＿＿＿＿＿

이몽룡 ＿＿＿＿＿＿＿＿＿＿＿＿＿＿＿

＿＿＿＿＿＿＿＿＿＿＿＿＿＿＿

월매 ＿＿＿＿＿＿＿＿＿＿＿＿＿＿＿

＿＿＿＿＿＿＿＿＿＿＿＿＿＿＿

이몽룡 ＿＿＿＿＿＿＿＿＿＿＿＿＿＿＿

＿＿＿＿＿＿＿＿＿＿＿＿＿＿＿

춘향 ＿＿＿＿＿＿＿＿＿＿＿＿＿＿＿

＿＿＿＿＿＿＿＿＿＿＿＿＿＿＿

변학도 ＿＿＿＿＿＿＿＿＿＿＿＿＿＿＿

＿＿＿＿＿＿＿＿＿＿＿＿＿＿＿

춘향 ＿＿＿＿＿＿＿＿＿＿＿＿＿＿＿

＿＿＿＿＿＿＿＿＿＿＿＿＿＿＿

이몽룡 _____

_____

월매 _____

_____

이몽룡 _____

_____

춘향 _____

_____

이몽룡 _____

_____

변학도 _____

_____

● 根據故事進行角色扮演並演出話劇

演出人員

이몽룡 : _____   춘향 : _____

월매 : _____   변학도 : _____

1   이몽룡이 과거 시험에서 떨어졌다면 어떻게 되었을까요?
     李夢龍如果在之前的考試中落榜，結果會如何？

_____

_____

_____

_____

2   춘향이가 변학도의 수청을 들었다면 어떻게 되었을까요?
     春香如果成為大學道的官妓會怎樣？

_____

_____

_____

_____

3   춘향이 예쁘지 않았다면 이야기는 어떻게 되었을까요?
     如果春香長得不好看，故事會怎樣？

_____

_____

_____

_____

1 다음은 <춘향전>에서 배운 어휘들입니다. 알고 있는 어휘에 ✔ 해 보세요.

☐ 기생   ☐ 장원급제   ☐ 암행어사
☐ 그네   ☐ 부임하다   ☐ 금동이
☐ 반하다   ☐ 호색한   ☐ 옥소반
☐ 늠름하다   ☐ 수청을 들다   ☐ 안주
☐ 갈피를 잡다   ☐ 감옥   ☐ 출두
☐ 과거 시험   ☐ 가두다   ☐ 몰려오다

2 다음 문장의 (   ) 안에 들어갈 어휘를 알고 있는지 ✔ 하고 써 보세요.

☐ 주인의 (   ) 없이 남의 물건을 함부로 만지면 안 됩니다.

☐ 수업 시간에 작은 목소리로 (   )다가 선생님께 야단맞았다.

☐ 영수가 운동하기 싫어하니까 운동하라고 자꾸 (   )지 마세요.

☐ 곧 (   )될 죄수에게 마지막으로 하고 싶은 말이 무엇인지 물었다.

☐ 전쟁과 배고픔으로 (   )을/를 당하는 사람들이 점점 늘어나고 있다.

☐ 현대에는 모든 사람이 (   )의 구별 없이 평등합니다.

☐ 사업이 망했다고 (   )만 하지 말고 용기를 가지십시오.

☐ 남의 잘못만 (   )지 말고 자기의 잘못은 무엇인지 생각해 보세요.

☐ 뇌물을 받은 공무원을 (   )시키는 것은 당연한 것이다.

3 다음 표 안의 문장을 읽고 할 수 있는 정도에 따라 상·중·하에 ✔ 해 보세요.

<춘향전>의 줄거리를 말할 수 있다.	상	중	하
<춘향전>에서 배운 문법을 사용하여 말할 수 있다.	상	중	하
<춘향전>을 통해 한국 문화를 이해하는 데 도움이 되었다.	상	중	하

p.247

1. ① - ⑦ - ③ - ② - ⑤ - ④ - ⑥ - ⑧

這是什麼意思？

許可｜未經主人允許，不可隨意碰觸別人的東西。

竊竊私語｜上課時竊竊私語，所以被老師訓了一頓。

強迫｜英珠很討厭運動，不要總是強迫他去運動。

處決｜我問即將被處決的囚犯最後想說什麼。

受難｜因為戰爭和飢荒，受苦的人越來越多。

身分｜在現代，所有人不論身分都是平等的。

嘆氣｜不要只是感嘆事業失敗，要鼓起勇氣。

批評｜不要只是一味批評別人，要想想自己做錯什麼。

免職｜收受賄絡的公務員被免職是理所當然的。

p.252

1. 과거 시험을 보기 위해서. 為了參加科舉考試。

2. 한 농부로부터 이야기를 들어서. 聽一位農夫說的。

3. 자신의 신분을 숨겨야 하기 때문에. 因為要隱藏自己的身份。

4. ①春香成為卞學道的官妓。

　②月梅歡迎變成乞丐的夢龍。

　③因為月梅的反對，夢龍和春香分手了。

　④卞學道是喜歡女人的好色之徒。

5. (1)春香也喜歡李夢龍（威風凜凜的늠름한）樣子。

　(2)李夢龍過度思念春香，所以毫無（頭緒갈피）。

　(3)卞學道（強迫강요）春香成為官妓，但是春香拒絕了。

　(4)李夢龍在宴會上做了一首批評卞學道（欺負괴롭히는）百姓的詩。

p.254

句型和表達方式

①-지 않을 수 없다

例 李夢龍不得不去首爾。

(1)客人來拜訪，所以不得不做菜만들지 않을 수 없습니다。

(2)老人上了公車，年輕人不得不讓座양보하지 않을 수 없습니다。

(3)因為兔子能言善道，說的似乎是真的，所以龍王和大臣們不得不相信믿지 않을 수 없었습니다兔子的話。

(4)雖想想玩，但是明天要考試，所以不得不讀書하지 않을 수 없습니다。

②-느라고
例 李夢龍因為專注學習，所以沒聽到春香的消息。
(1)因為玩電玩하느라고，所以不知道時間流逝。
(2)孩子生病了，為了照顧孩子돌보느라고，整夜都沒睡。
(3)和朋友們玩得很開心노느라고，所以忘了和媽媽的約定。
(4)我在浴室洗澡목욕하느라고，所以沒接到電話。

③에도 불구하고
例 雖然考上了狀元，但還是以乞丐的樣子去找他。
(1)不管月梅的反對반대에도 불구하고，孟龍與春香還是結婚了。
(2)孝憲雖然得了重感冒걸렸음에도 불구하고，但還是去上學。
(3)他個子雖然矮작음에도 불구하고，還是成了籃球員。
(4)雖然很貴가격에도 불구하고，買那包包的女人還是很多。

④-(으)ㄹ 리가 없다
例 春香對夢龍的心意不會變。
(1)像天使一樣一直笑著的善良美善是不會生氣的낼 리가 없습니다。
(2)車塞成這樣，怎麼可能已經到了도착했을 리가 없습니다。
(3)貞宇去度假了，現在不可能在家있을 리가 없으니까，所以不必打電話去他家了。
(4)艾瑞克前幾天和女友分手了，所以現在心情不會很好좋을 리가 없습니다。

p.259
課後複習
☐未經主人（允許허락），不可隨意碰觸別人的東西。
☐上課時（竊竊私語속삭이다），所以被老師訓了一頓。
☐英珠很討厭運動，不要總是（強迫강요하다）他去運動。
☐我問即將被（處決처형）的囚犯最後想說什麼。
☐因為戰爭和飢荒，（受苦수난을 당하다）的人越來越多。
☐在現代，所有人不論（身分신분）都是平等的。
☐不要只是（感嘆한탄하다）事業失敗，要鼓起勇氣。
☐不要只是一味（批評비판하다）別人，要想想自己做錯什麼。
☐收受賄絡的公務員被（免職파직）是理所當然的。

판소리를 불러 봅시다

춘향전 - 사랑가 중

이리 오너라 업고 놀자. ♫ 이리 오너라 업고 놀자. ♫

사랑 사랑 사랑 내 사랑이야.

사랑이로구나 내 사랑이야. ♪

이이이이~ 내 사랑이로다. 아매도 내 사랑아~~

삼행시를 지어 봅시다

춘! 향! 전!

춘 춘향이가 예쁠까요?

향 향단이가 예쁠까~요?

전 전 알아요. 내가 제일 예뻐요.

여러분들도 세 글자 단어로 삼행시를 지어 보세요. ^^

(   ) : _____

(   ) : _____

(   ) : _____

홍길동전

여러분은 어떤 나라에서 살고 싶습니까?

이 세상에 '이상국'이 있다면 어떤 모습일까요?

여러분은 어떤 초능력을 갖고 싶습니까? 그리고 그 초능력으로 무엇을 하겠습니까?

여러분은 '의적'에 대해 어떻게 생각하십니까?

洪吉童傳

大家想在什麼樣的國家生活呢？
如果這個世界上有「理想國」，那會是什麼樣子呢？
大家想要什麼樣的超能力？如果擁有那個超能力，你想做什麼？
大家對「義賊」有什麼想法？

이야기 상상하기 想像故事

看以下的插圖，你覺得是什麼樣的故事內容呢？請試著說說看。

상상하며 듣기 想像並聆聽

1 邊看圖片邊聽CD，按故事順序寫下圖片的編號。 **MP3** 71

1 ➡ ➡ ➡ ➡ ➡ ➡ ➡ 8

2 請把故事按照正確順序重新排列後並說出來。

3 再聽一遍，寫下陌生的單字。

MP3 72 가

MP3 73 나

MP3 74 다

MP3 75 라

這是什麼意思？

도술을 부리다	<u>도술을 부릴</u> 수 있다면 저 하늘을 날아서 고향에 가고 싶다.
무예를 닦다	이순신은 열심히 <u>무예를 닦아서</u> 나라를 지키는 훌륭한 장군이 되었다.
첩	옛날에는 부인이 있는 남자가 여러 번 결혼해서 <u>첩</u>이 여러 명인 경우도 있었다.
천대	사람은 누구나 평등하기 때문에 다른 사람을 <u>천대</u>하면 안 됩니다.
굶주리다	먹을 것이 없어 <u>굶주린</u> 사람들이 음식을 도둑질하고 있다.
힘겨루기	누가 힘이 더 센지 우리 <u>힘겨루기</u> 해 볼까?
우두머리	힘이 가장 센 사람을 우리들의 <u>우두머리</u>로 삼읍시다.
제압하다	반항하는 도둑을 경찰이 힘으로 <u>제압해서</u> 잡았습니다.
혼내 주다	약한 아이들을 괴롭히는 나쁜 아이들을 선생님이 <u>혼내 주었어요</u>.

홍길동전

가

옛날에 홍길동이라는 한 소년이 살았습니다. 길동은 어려서부터 매우 **총명하여** 하나를 가르치면 열을 알았습니다. 게다가 힘도 세고 **도술**까지 **부릴** 수가 있었습니다. 길동은 훌륭한 사람이 되기 위해 열심히 학문과 **무예를 닦았습니다.** 그러나 길동은 아무리 똑똑하고 **재주**가 <u>많아도</u> 벼슬을 할 수가 없었습니다. 왜냐하면 길동은 **첩**의 자식이었기 때문입니다. 길동이 살던 때에 첩의 자식은 많은 **천대**와 구박을 받았습니다. 길동은 아버지를 아버지라 부를 수도 없고, 벼슬을 하여 나랏일을 할 수도 없었습니다. 결국 길동은 자신의 재주를 다른 곳에 쓰기로 결심하고 집을 나섰습니다.

나

길을 나선 길동은 수년간의 **흉년**으로 **굶주린** 백성들을 수없이 많이 보았습니다. 그뿐만 아니라 얼마 남지 않은 <u>식량</u>조차 못된 관리들이 빼앗아 <u>가는 통에</u> 백성들은 관리를 피해 산으로 들어가 **도적**이 되곤 했습니다. 길동은 굶주린 나머지 도적이 되는 백성들이 불쌍했습니다. 그래서 못된 관리들을 **혼내 줄** 방법을 계속 생각했습니다.

그러던 어느 날, 길동이 깊은 산속으로 들어갔는데 어디서 시끄러운 소리가 들렸습니다. 소리가 나는 곳으로 가 보니, **덩치**가 크고 힘도 세 보이는 남자들이 커다란 바위를 놓고 **힘겨루기**를 하고 있었습니다. 길동이 다가가서 왜 바위를 들려고 하는지 묻자 무섭게 생긴 한 남자가 대답했습니다.

"저 바위를 드는 사람은 여기 모인 사람들의 **우두머리**가 될 수 있기 때문이지. 너 같은 **꼬마**가 나설 곳이 아니란다."

그러자 길동은 바위 앞으로 다가가 커다란 바위를 번쩍 들어 올렸습니다. 남자들은 놀라서 입이 딱 **벌어졌습니다.** 그리고 모두 길동 앞에 무릎을 꿇고 자신들의 우두머리가 되어 달라고 했습니다. 그날부터 홍길동은 많은 **부하**를 **거느린** 우두머리가 되었습니다.

洪吉童傳

一

　　從前有個名叫洪吉童的少年，從小就非常聰明，可以說是聞一知十，力氣也非常大，還會變法術。洪吉童為了成為一個偉大的人，每天努力鑽研學問、練習武藝，但不管他再怎麼聰明、本領再怎麼多，也沒有辦法得到官位。因為他是小妾所生的孩子。在洪吉童那個年代，妾生的孩子會受盡各種蔑視和虐待，洪吉童不能叫父親為爸爸，也不能獲得官職、走上正路，因此他決定把自己的本事用在其他地方，離開了家。

二

　　離開家的洪吉童看到無數因為連續幾年饑荒導致挨餓的老百姓，不僅如此，連所剩無幾的糧食也都被不肖的官員搶走，於是老百姓為了躲避官吏，逃往山上成為盜賊。洪吉童覺得因飢餓而成盜賊的百姓們十分可憐，所以一直在想教訓不肖官吏的方法。

　　某天，洪吉童走入深山之中，突然聽到不知從哪傳來的嘈雜聲，他走到聲音傳來的方向，一看，一群軀體龐大、力氣也很大的男人們正圍著一塊巨石較勁。洪吉童走上前去，問他們為什麼要舉著石頭，這時，有個長得非常可怕的男人回答道：

　　「能舉起那塊石頭的人就能成為這邊所有人的首領，這裡不是像你這樣的小不點可以來的地方。」

　　他一說完，洪吉童就走到石頭前面，一下子把巨石舉了起來。男人們因為過於驚慌，一時目瞪口呆，隨後所有人都跪了下來，請求洪吉童成為他們的首領。從那天起，洪吉童成為指揮眾多部下的首長。

다

　어느 날 길동은 고개 너머 **절**의 **중**들이 약한 백성들의 재물을 **빼앗고**, 나쁜 짓을 하고 있다는 사실을 알게 되었습니다. 길동은 부하들과 함께 절로 가서 중들을 **제압하고**, 창고에 있던 쌀과 재물을 밖으로 꺼냈습니다. 길동은 중들을 매우 **꾸짖고** 빼앗은 쌀과 재물을 가난한 사람들에게 골고루 나누어 주었습니다. 그리고 부하들에게 말했습니다.

　"이제부터 우리를 활빈당이라고 부르겠다. 못된 관리들과 부자들을 **혼내 주고** 가난한 백성들을 돕는 것이 우리 활빈당이 할 일이다." 부하들은 환성을 지르며 찬성했습니다.

　그 무렵 홍길동은 함경도의 관리가 백성들을 괴롭혀서 백성들이 매우 굶주리고 있다는 소식을 들었습니다. 홍길동은 함경도에 가서 그 관리의 집에 **불을 질렀습니다**. 놀란 사람들이 뛰어나와 불을 끄느라고 정신이 없을 때 홍길동과 부하들은 창고에 쌓여 있는 쌀과 재물들을 모두 꺼내어 달아났습니다. 이번에도 홍길동은 빼앗은 재물을 가난한 백성들에게 골고루 나누어 주었습니다.

　홍길동과 활빈당에 대한 소문은 곧 온 나라에 퍼졌습니다. 백성들은 나쁜 관리들을 혼내 주는 홍길동을 모두 칭찬했지만, 재물을 빼앗긴 관리들은 홍길동을 미워해서 임금에게 그를 잡아 달라고 했습니다. 그러나 비와 바람을 만들고, 도술을 부리는 홍길동을 잡을 수는 없었습니다. 그래서 임금님은 홍길동을 **달래기로** 하고 홍길동의 소원대로 **병조판서**의 벼슬을 주었습니다. 홍길동은 병조판서가 되었지만 얼마 후 이 벼슬은 자신이 원하는 길이 아닌 것을 깨닫고 나라를 떠났습니다.

라

　홍길동은 이상국을 찾아 길을 가다가 '율도국'이라는 나라를 발견했습니다. 그곳에는 사람들을 괴롭히는 무서운 괴물이 있었는데 홍길동은 괴물을 물리치고 사람들을 구해 냈습니다. 그리고 괴물에게 잡혀 있던 미녀를 구하여 자신의 아내로 삼았습니다. 율도국의 백성들은 자신들을 구해 준 홍길동을 **영웅**으로 생각하고 길동에게 자신들의 왕이 되어 달라고 했습니다. 홍길동은 율도국의 왕이 되어 백성들을 잘 다스리며 행복하게 살았습니다.

三

有一天，洪吉童越過山嶺，得知寺廟裡的僧侶會搶奪弱小的老百姓們的財物並做出各種壞事的事實。洪吉童與部下們一起到了廟裡制伏和尚，把原本在倉庫裡的大米及財物拿到外面。洪吉童大大地責罵了和尚們，並把他們搶來的大米、財務平均分配給窮人們，並對手下們說：

「從現在起，我們就叫活貧黨吧。教訓不肖官吏和有錢人，幫助貧困的老百姓就是我們活貧黨要做的事情。」部下們歡聲雷動地表示贊成。

這時，洪吉童又聽見咸鏡道有官員欺負平民，百姓們都餓著肚子的消息，於是洪吉童就去了咸鏡道，放火把那官吏的家給燒了。受到驚嚇的人們跑出來滅火，正忙得暈頭轉向的時候，洪吉童和他的手下已經把堆積在倉庫的米和財物拿出來並逃走了。這次，洪吉童也是把奪來的東西平均分配給窮困的人們。

洪吉童和活貧黨的傳聞一下子傳遍了整個國家，老百姓們雖然對教訓不肖官員的洪吉童稱讚有加，但財物被洗劫一空的官員們都對他恨之入骨，向國王要求一定要抓捕他。不過，他們始終沒能逮捕這位能呼風喚雨、還能施展法術的洪吉童，於是國王決定招撫洪吉童，並按照他的願望，賜給他兵部尚書的官職。洪吉童雖然當上了兵部尚書，但沒多久就領悟到這不是自己想走的路，就離開了國家。

四

洪吉童在尋找理想國的路上，發現了名為「栗島國」的國家，在那個地方有著欺負人民的可怕怪物。洪吉童戰勝了怪物、拯救百姓，並且把被怪物抓走的美女救了出來，還和她結了婚。「栗島國」的人民認為拯救他們的洪吉童是英雄，請求洪吉童當他們的國王，後來洪吉童便當上栗島國的王，妥善治理當地子民，過著幸福快樂的生活。

1 洪吉童聰明多才，為什麼無法當官？

2 洪吉童是如何當上盜賊首領的？

3 洪吉童如何使用從官吏那裡搶來的米和財寶？

4 與《洪吉童傳》內容相同的請打○，不同的請打×

① 홍길동은 힘도 세고 도술까지 부릴 수가 있었습니다.　　　　　　　（　　）

② 홍길동은 굶주린 나머지 도적이 되는 백성들이 불쌍했습니다.　　　（　　）

③ 홍길동은 못된 관리와 부자들을 혼내 주고 가난한 백성들을 도와주었습니다.　（　　）

④ 홍길동은 임금에게서 벼슬을 받았습니다.　　　　　　　　　　　（　　）

⑤ 홍길동은 '율도국'으로 가서 괴물이 되었습니다.　　　　　　　　（　　）

5 在空格中填入符合句意的單字。

학문	굶주린	혼내 주고	무예	소원대로

(1) 길동은 훌륭한 사람이 되기 위해 열심히 (　　　　　)와/과 (　　　　　)을/를
　　닦았습니다.

(2) 수년간의 흉년으로 (　　　　　) 백성들을 수없이 많이 보았습니다.

(3) 못된 관리들과 부자들을 (　　　　　) 가난한 백성들을 돕는 것이 우리 활빈당이
　　할 일이다.

(4) 임금님은 홍길동을 달래기로 하고, 홍길동의 (　　　　　) 병조판서의 벼슬을 주었습니다.

6 請摘要《洪吉童傳》的內容。

가 _____

_____

_____

나 _____

_____

_____

다 _____

_____

_____

라 _____

_____

_____

어휘

총명하다	聰明	**거느리다**	率領
재주	本領、能力、才能	**절**	寺廟、寺院
흉년	凶年（指饑荒）	**중**	和尚、僧侶
식량	糧食	**빼앗다**	搶奪
도적	盜賊	**꾸짖다**	教訓、責備
덩치	軀體、身形	**불을 지르다**	點火、放火
꼬마	小孩子、小不點	**병조판서**	兵曹判書、兵部尚書
벌어지다	瞠目結舌、目瞪口呆	**영웅**	英雄
부하	部下		

문형과 표현 익히기 句型和表達方式

❶ -아/어/여도

表達不管前面的行為或狀態，一定要進行後面的事。

> **예문** 아무리 똑똑하고 재주가 <u>많아도</u> 벼슬을 할 수가 없었습니다.

(1) 내일 비가 _____ 체육대회를 합니다.

(2) 아무리 일이 _____ 식사는 꼭 하셔야 합니다.

(3) 건강에 나쁘니까 담배를 _____ 피우면 안 됩니다.

(4) 저는 지금 한국에서 유학하기 때문에 가족들이 _____ 볼 수 없습니다.

❷ 조차

接在名詞之後，強調最起碼、最基本、沒有預料到的事物，或表達除此之外的東西沒有必要提。

> **예문** 얼마 남지 않은 <u>식량조차</u> 관리들이 빼앗아 갔습니다.

(1) 너무 바빠서 _____ 못 먹고 일하고 있습니다.

(2) 난 정말 사실을 말했는데 _____ 내 말을 믿지 않았습니다.

(3) 처음 한국에 왔을 때는 한국말을 전혀 몰라서 _____ 못했습니다.

(4) 우등생 마이크 씨가 시험에 떨어졌다는 것은 _____ 할 수 없었던 일입니다.

❸ -(으)ㄴ/는 통에

表達造成後句出現負面結果的狀況或原因。

> **예문** 못된 관리들이 빼앗아 <u>가는 통에</u> 백성들은 도적이 되었습니다.

(1) 음식을 잘못 _____ 배탈이 났어요.

(2) 밤새도록 배가 _____ 잠을 못 잤어요.

(3) 위층에서 시끄럽게 노래를 _____ 시험공부를 할 수 없었어요.

(4) 여러 사람들이 한꺼번에 _____ 무슨 말인지 잘 못 들었어요. 다시 한번
말씀해 주시겠어요?

❹ -곤 하다

重複某種狀況，是「-고는 하다」的縮寫

> **예문** 백성들은 산으로 들어가 도적이 <u>되곤 했습니다.</u>

(1) 공부하다가 머리가 아프면 가끔 컴퓨터게임을 _____.

(2) 초등학교 때는 수업이 끝나면 친구 집에 _____.

(3) 예전에 저는 피곤할 때 보통 커피를 _____ 요즘은 운동을 해요.

(4) 스트레스가 쌓이면 친구를 만나 재미있는 이야기를 하면서 스트레스를
_____.

● 下列畫中的人物正在進行什麼樣的對話呢？請試著寫寫看。

남자들 _____

_____

홍길동 _____

_____

부하 _____

_____

홍길동 _____

_____

홍길동 _____

_____

스님 _____

_____

홍길동 _____

_____

백성들 _____

_____

관리들　＿＿＿＿＿＿＿＿＿＿＿＿＿＿＿＿＿

　　　　　＿＿＿＿＿＿＿＿＿＿＿＿＿＿＿＿＿

임금　　＿＿＿＿＿＿＿＿＿＿＿＿＿＿＿＿＿

　　　　　＿＿＿＿＿＿＿＿＿＿＿＿＿＿＿＿＿

임금　　＿＿＿＿＿＿＿＿＿＿＿＿＿＿＿＿＿

　　　　　＿＿＿＿＿＿＿＿＿＿＿＿＿＿＿＿＿

홍길동　＿＿＿＿＿＿＿＿＿＿＿＿＿＿＿＿＿

　　　　　＿＿＿＿＿＿＿＿＿＿＿＿＿＿＿＿＿

홍길동　＿＿＿＿＿＿＿＿＿＿＿＿＿＿＿＿＿

　　　　　＿＿＿＿＿＿＿＿＿＿＿＿＿＿＿＿＿

백성들　＿＿＿＿＿＿＿＿＿＿＿＿＿＿＿＿＿

　　　　　＿＿＿＿＿＿＿＿＿＿＿＿＿＿＿＿＿

● 根據故事進行角色扮演並演出話劇

演出人員

홍길동 :　＿＿＿＿＿＿＿　　남자들 :　＿＿＿＿＿＿＿　　스님 :　＿＿＿＿＿＿＿

임금 :　＿＿＿＿＿＿＿　　관리들 :　＿＿＿＿＿＿＿　　백성들 :　＿＿＿＿＿＿＿

상상하여 말하기 想像並回答

1   의적은 착한 사람일까요? 나쁜 사람일까요?
義賊是善良的人嗎？還是壞人呢？

_____

_____

_____

_____

_____

2   홍길동이 만든 이상국은 어떤 나라일까요?
洪吉童創建的理想國是什麼樣的國家呢？

_____

_____

_____

_____

_____

3   여러분이 홍길동이라면 어떻게 살고 싶습니까?
如果各位是洪吉童，你想過什麼樣的生活呢？

_____

_____

_____

_____

_____

1 다음은 <홍길동전>에서 배운 어휘들입니다. 알고 있는 어휘에 ✔해 보세요.

☐ 총명하다	☐ 꼬마	☐ 빼앗다
☐ 재주	☐ 벌어지다	☐ 꾸짖다
☐ 흉년	☐ 부하	☐ 불을 지르다
☐ 식량	☐ 거느리다	☐ 병조판서
☐ 도적	☐ 절	☐ 영웅
☐ 덩치	☐ 중	

2 다음 문장의 ( ) 안에 들어갈 어휘를 알고 있는지 ✔하고 써 보세요.

☐ 도술을 (   ) 수 있다면 저 하늘을 날아서 고향에 가고 싶다.

☐ 이순신은 열심히 (   )을/를 닦아서 나라를 지키는 훌륭한 장군이 되었다.

☐ 옛날에는 부인이 있는 남자가 여러 번 결혼해서 (   )이/가 여러 명인 경우도 있었다.

☐ 사람은 누구나 평등하기 때문에 다른 사람을 (   )하면 안 됩니다.

☐ 먹을 것이 없어 (   ) 사람들이 음식을 도둑질하고 있다.

☐ 누가 힘이 더 센지 우리 (   ) 해 볼까?

☐ 힘이 가장 센 사람을 우리들의 (   )(으)로 삼읍시다.

☐ 반항하는 도둑을 경찰이 힘으로 (   )아/어서 잡았습니다.

☐ 약한 아이들을 괴롭히는 나쁜 아이들을 선생님이 (   )아/어 주었어요.

3 다음 표 안의 문장을 읽고 할 수 있는 정도에 따라 상·중·하에 ✔해 보세요.

<홍길동전>의 줄거리를 말할 수 있다.	상	중	하
<홍길동전>에서 배운 문법을 사용하여 말할 수 있다.	상	중	하
<홍길동전>을 통해 한국 문화를 이해하는 데 도움이 되었다.	상	중	하

p.265

1. ① - ⑥ - ⑦ - ② - ④ - ③ - ⑤ - ⑧

這是什麼意思？

施法術｜如果我會法術，我想飛回老家。

練武｜李舜臣刻苦練武，成為保衛國家的優秀將軍。

妾｜在過去，有婦之夫還是能結多次婚，並有好幾名妾。

輕視｜人人平等，所以不能看不起別人。

餓肚子｜沒吃東西餓著肚子的人正在偷食物。

較量｜誰的力氣更大，我們來較量看看吧。

首領｜我們把力氣最大的人當作我們的首領吧！

制伏｜警察用力制伏並逮捕了反抗的小偷。

教訓｜老師教訓了欺負弱小孩子們的壞孩子。

p.270

1. 첩의 자식이기 때문에. 因為是妾生的孩子。

2. 힘겨루기에서 이겼기 때문에. 因為在較量中贏了。

3. 가난한 사람들에게 골고루 나누어 주었다. 平分給窮人。

4. ○①洪吉童不僅力氣大，還會法術。

　　○②洪吉童認為因為餓肚子而成為盜賊的百姓們很可憐。

　　○③洪吉童教訓了壞官員和富商，幫助了貧窮的百姓們。

　　○④洪吉童從國王那裡得到了官職。

　　×⑤洪吉童去了栗島國後變成了怪物。

5. (1) 洪吉童為了成為優秀的人，努力精進（學問학문）和（武藝무예）。

　　(2) 多年來，我看到了無數因飢荒而（挨餓的굶주린）百姓。

　　(3) （教訓혼내 주고）壞官員和富人，幫助貧困百姓是我們活貧黨該做的事。

　　(4) 國王決定安撫洪吉童，（按照願望소원대로），授予兵部尚書官位。

p.272

句型和表達方式

①-아/어/여도

例 再聰明且多才多藝也當不了官。

(1)明天即使下雨와도也要舉辦運動會。

(2)不管工作多忙바빠도，一定要吃飯。

(3)因為對身體不好，所以想抽菸피우고 싶어도也不能抽菸。

(4)我現在在韓國留學，所以想見家人보고 싶어도也見不到。

②조차

例 連所剩無幾的糧食也被官員們搶走了。

(1)太忙了，連飯밥조차都沒時間吃，只能繼續工作。

(2)我真的說了實話，但是連家人가족조차都不相信我的話。

(3)我剛來韓國時完全不懂韓語，連打招呼인사조차都不會。

(4)優等生麥克考試落榜是無法想像상상조차的事。

③-(으)ㄴ/는 통에

例 因為被官吏們搶奪，百姓們紛紛成為盜賊。

(1)因為吃到壞掉的東西먹은 통에，所以肚子痛。

(2)因為肚子痛아픈 통에，所以一整晚都沒睡。

(3)因為樓上吵吵鬧鬧地唱歌부르는 통에，所以沒辦法準備考試。

(4)因為很多人同時一起說말하는 통에，所以沒聽清楚是什麼意思，可以再說一次嗎？

④-곤 하다

例 許多百姓上山當盜賊。

(1)我常常讀書讀到頭痛，所以常常會玩起電動하곤 합니다。

(2)小學時，下課後經常去朋友家玩놀러 가곤 했습니다。

(3)以前我累的時候通常會喝咖啡마시곤 했시반，但是最近選擇運動。

(4)有壓力時，我通常會和朋友見面聊有趣的事來緩解壓力풀곤 합니다。

p.277

課後複習

□如果我會（法術도술을 부리다），我想飛回老家。

□李舜臣刻苦（練武무예를 닦다），成為保衛國家的好將軍。

□在過去，有婦之夫還是能結多次婚，並有好幾名（妾첩）。

□人人平等，所以不能（看不起천대）別人。

□沒吃東西（餓著肚子굶주리다）的人正在偷東西。

□誰的力氣更大，我們來（較量힘겨루기）看看吧。

□我們把力氣最大的人當作我們的（首領우두머리）吧！

□警察用力（制伏제압하다）並逮捕了反抗的小偷。

□老師（教訓혼내 주다）了欺負弱小孩子們的壞孩子。

퀴즈? 퀴즈!

[____] 에 번쩍 [____] 에 번쩍

比喻不會老實地待在一個地方，而是會突然出現在許多地方的人。

개천에서 [____] 난다.

意思是即使在艱苦的環境下，只要努力就能成功。

예시 이름 홍길동

● 한국에서는 은행, 출입국관리사무소, 학교 등 여러 기관에서 서류를
작성할 때 견본의 예시로 '홍길동'이라는 이름을 쓰는데 왜일까요?

在韓國，銀行、出入境管理事務局、學校等機構在製作文件時，都會以「洪吉童」這個名字
做為姓名範例，為什麼呢？

● 여러분 나라에서는 견본 예시 이름으로 무엇을 쓰나요?

各位的國家是用什麼名字做為範例呢？

▶ '홍길동전'은 한국 최초의 한글 소설입니다. 그렇기 때문에 한자를 모르
는 일반 사람들도 '홍길동'이라는 이름에 옛날부터 익숙했습니다. 그래서
서류에 일반 사람들이 쉽게 기록할 수 있도록, 친숙한 한글 이름인 '홍길
동'을 예로 든 것이 지금까지 전해 내려왔다고 합니다.

《洪吉童傳》是韓國最早的韓文小說，因此，即使是不懂漢字的一般百姓，也從很久以
前就知曉並習慣了「洪吉童」這個名字，所以為了讓大眾更了解如何在文件上書寫名
字，廣為熟悉的韓文名字「洪吉童」作為姓名範例的慣例流傳至今。

퀴즈퀴즈 解答 용/ㅏ/울

單字索引

ㅅ

用韓國童話學韓語/金順禮, 任帥真著. -- 初版.
-- 臺北市：笛藤出版圖書有限公司, 2022.07

面；　公分

譯自：전래동화로배우는한국어
ISBN 978-957-710-862-3(平裝)
1.CST: 韓語 2.CST: 讀本

803.28　　　　　　　　　　　　　111009946

2022年7月27日　初版第一刷　定價400元

著　　　　者	金順禮、任帥真
譯　　　　者	陳宜慧
編 輯 協 力	江品萱
美 術 編 輯	王舒玗
總 編 輯	洪季楨
編 輯 企 劃	笛藤出版
發 行 所	八方出版股份有限公司
發 行 人	林建仲
地　　　　址	台北市中山區長安東路二段171號3樓3室
電　　　　話	(02) 2777-3682
傳　　　　真	(02) 2777-3672
總 經 銷	聯合發行股份有限公司
地　　　　址	新北市新店區寶橋路235巷6弄6號2樓
電　　　　話	(02)2917-8022·(02)2917-8042
製 版 廠	造極彩色印刷製版股份有限公司
地　　　　址	新北市中和區中山路二段380巷7號1樓
電　　　　話	(02)2240-0333·(02)2248-3904
郵 撥 帳 戶	八方出版股份有限公司
郵 撥 帳 號	19809050

Copyright © Kim Soon-lye, ImSu-Jin 2012
All Rights Reserved.
This complex Chinese characters edition was published by Ba Fun Publishing Co., Ltd.
(Imprint: Dee Ten) in 2022 by arrangement with Darakwon, Inc.
through Imprima Korea Agency & LEE's Literary Agency.